AMALARIC,

TRAGEDIE,

EN CINQ ACTES,

EN VERS.

Le prix est de trente sols.

A PARIS,

Chez PRAULT pere, Quay de Gêvres au Paradis.

M. DCC. XLIII.

Avec Approbation & Privilege du Roy.

APPROBATION.

LEU & approuvé pour être ajoûté au Théatre François; ce 23. Novembre 1742. *Signé*, CREBILLON.

PRIVILEGE DU ROY.

LOUIS, par la grace de Dieu, Roi de France & de Navarre: A nos amez & feaux Conseillers, les Gens tenans nos Cours de Parlement, Maîtres des Requêtes ordinaires de notre Hôtel, Grand Conseil, Prévôt de Paris, Baillifs, Sénéchaux, leurs Lieutenans Civils & autres nos Justiciers qu'il appartiendra; SALUT. Notre bien amé LAURENT-FRANÇOIS PRAULT, fils, Libraire à Paris, Nous ayant fait remontrer qu'il lui auroit été mis en main un Ouvrage qui a pour titre: *Nouveau Théâtre François*, ou Recueil des plus nouvelles Pieces représentées à Paris, qu'il souhaiteroit faire imprimer & donner au Public, s'il nous plaisoit lui accorder nos Lettres de Privilége sur ce nécessaires; offrant pour cet effet de le faire imprimer en bon papier & beaux caracteres, suivant la feuille imprimée & attachée pour modéle sous le contre-scel des Présentes. A CES CAUSES, voulant traiter favorablement ledit Exposant, Nous lui avons permis & permettons par ces Présentes, de faire imprimer ledit Ouvrage ci-dessus spécifié, en un ou plusieurs volumes, conjointement ou séparément, & autant de fois que bon lui semblera, & de le vendre, faire vendre & débiter par tout notre Royaume, pendant le tems de neuf années consécutives, à compter du jour de la datte desdites Présentes. Faisons défenses à toutes sortes de personnes de quelque qualité & condition qu'elles soient, d'en introduire d'impression étrangere dans aucun lieu de notre obéissance; comme aussi à tous Libraires, Imprimeurs & autres, d'imprimer, faire imprimer, vendre, faire vendre, débiter, ni contrefaire ledit Ouvrage ci-dessus exposé, en tout ni en partie, ni d'en faire aucuns extraits, sous quelque prétexte que ce soit, d'augmentation, corretion, changement de titre, ou autrement, sans la permission expresse & par écrit dudit Exposant, ou de ceux qui auront droit de lui, à peine de confiscation des Exemplaires contrefaits, de trois mille livres d'amende contre chacun des contrevenans, dont un tiers à Nous, un tiers à l'Hôtel Dieu de Paris, l'autre tiers audit Exposant, & de tous dépens, dommages & interêts. A la charge que ces Présentes seront enregistrées tout au long sur le Registre de la Communauté des Libraires & Imprimeurs de Paris, dans trois mois de la date d'icelles; que l'impression de cet Ouvrage sera faite dans notre Royaume & non ailleurs, & que l'Impétrant se conformera en tout aux Reglemens de la Librairie, & notamment à celui du 10 Avril 1725. & qu'avant que de l'exposer en vente, le Manuscrit ou Imprimé qui aura servi de Copie à l'Impression dudit Ouvrage, sera remis dans le même état où l'Approbation y aura été donnée, ès mains de notre très-cher & féal Chevalier le Sieur Daguesseau, Chancelier de France, Commandeur de nos Ordres; & qu'il en sera ensuite remis deux Exemplaires dans notre Bibliotheque publique, un dans celle de notre Château du Louvre, & un dans celle de notre très-cher & feal Chevalier, le Sieur Daguesseau, Chancelier de France; Commandeur de nos Ordres; le tout à peine de nullité des Présentes. Du contenu desquelles vous mandons & enjoignons de faire jouir l'Exposant ou ses ayans cause, pleinement & paisiblement, sans souffrir qu'il leur soit fait aucun trouble ou empêchement. Voulons que la Copie desdites Présentes, qui sera imprimée tout au long au commencement ou à la fin dudit Ouvrage, soit tenue pour dûement signifiée, & qu'aux Copies collationnées par l'un de nos amez & feaux Conseillers & Secretaires, foi soit ajoûtée comme à l'original; Commandons au premier notre Huissier ou Sergent de faire pour l'exécution d'icelles, tous Actes requis & nécessaires, sans demander autre permission, & nonobstant clameur de Haro, Charte Normande & Lettres à ce contraires: CAR tel est notre plaisir. DONNE' à Versailles, le vingtdeuxiéme jour du mois d'Aoust, l'an de grace mil sept cens trente-huit: Et de notre Regne le vingt-troisiéme. Par le Roi en son Conseil. *Signé*, SAINSON.

Registré sur le Registre X. de la Chambre Royale des Libraires & Imprimeurs de Paris, N°. 105. *Folio* 93. *conformément aux anciens Réglemens confirmés par celui du* 28 *Fevrier* 1723. *A Paris ce* 26 *Septembre* 1738. Signé, LANGLOIS, Syndic.

A MONSIEUR

DE FLEURIEU,

Prévôt des Marchands de la Ville de Lyon, & Commandant en l'abſence de Monſeigneur le Duc de Villeroy.

MONSIEUR,

Si j'ai ſollicité avec tant d'empreſſement la permiſſion de faire lire votre nom à la tête de mon Ouvrage, ce n'eſt point pour me mettre à l'abri d'une juſte critique. La Tragédie d'Amalaric ne méritoit pas ſans doute l'honneur que vous lui avez enfin accordé ; & c'étoit beaucoup pour l'Auteur que vous euſſiez voulu aſſiſter à la re-

présentation de la Piéce. Non, MONSIEUR, je n'ai pas prétendu justifier par votre autorité les défauts que vous avez vous-même apperçus dans ma Tragédie, prévenir le Public en ma faveur, & donner lieu de penser qu'elle a mérité l'approbation de celui à qui je la présente. Je ne suis pas de ceux qui cherchent à se ménager un Patron parmi leurs Juges les plus éclairés : jamais Auteur n'eut plus de besoin que moi de ces adresses autorisées par l'usage ; mais je sçai que vos jugemens sur les Ouvrages de goût sont marqués au même sceau que les Arrêts rendus par votre équité dans les différens Tribunaux de la Justice ; des lumieres sûres les dirigent, & la droiture d'un caractere toûjours ami du vrai, ne vous permit jamais la moindre décision contraire à vos lumieres. Par la liberté que je vous ai demandée, je n'ai pas eu dessein de vous rendre caution des succès d'Amalaric ; j'ai voulu seulement rendre hommage à l'un de ces Protecteurs que le génie des Lettres semble se ménager dans les Provinces, pour étendre leur Empire, & me procurer l'occasion de vous marquer le très-profond respect avec lequel j'ai l'honneur d'être,

MONSIEUR,

Votre très-humble & très-ob éissant serviteur. B. V. J.

SUJET DE LA TRAGÉDIE.

AMALARIC, Roi des Visigots, étoit fils du fameux Alaric, qui fut tué à la bataille de Voclade, où Clovis commandoit en personne les François nouvellement établis dans les Provinces Septentrionales de la Gaule. La mort du pere n'empêcha point le fils de se précautionner contre l'ambition des Successeurs de Clovis par une alliance, plûtôt que par la force. Amalaric étoit enfant quand il parvint à la Couronne; si-tôt qu'il fut en âge de régner, il demanda & obtint en mariage la Princesse Clotilde, sœur des quatre Princes qui partageoient les Provinces conquises par Clovis leur pere. Clotilde avoit hérité des vertus comme du nom de sa mere; mais sur-tout de son attachement à la Foi Catholique: Son nouvel Epoux, Arien obstiné, ne tarda pas à mettre tout en œuvre pour donner à ses Sujets une Reine Arienne. Le zéle de la Religion le fit passer pardessus toute autre considération. La vertueuse Princesse eut même l'honneur de rendre un témoignage sanglant à sa foi ; mais elle n'eut pas le courage de dissimuler ce qu'elle avoit à souffrir : Elle fait remettre à ses freres un linge teint de ce sang qu'elle avoit répandu dans une occasion, & par le récit le plus touchant de ses malheurs les appelle à la vengeance.

La plainte de Clotilde soutenue de cette preuve de la cruauté de son Epoux, flattoit trop l'ambition des Princes François, pour ne pas avoir son effet. Les Vengeurs accoururent avec une puissante Armée ; celle qu'Amalaric leur opposa, fut taillée en pieces : le Roi qui la commandoit fut poursuivi par les Vainqueurs jusques dans sa Capitale : il y fut mis à mort par un Soldat François, disent les uns ; par quelqu'un des siens, assurent les autres ; & périt dans l'instant qu'il croyoit sauver sa vie, en se réfugiant dans une Eglise des Catholiques.

Amalaric dans cette situation peut-il devenir le Héros d'une Tragédie, sur-tout pour des Spectateurs François ? Sur le récit abrégé que nous venons de faire des circonstances de sa vie & de sa mort, s'élevera-t-il dans nous un seul sentiment en sa faveur ? La gloire de la Nation mise en compromis ; la Foi, la

Vertu, l'innocence opprimée attireront infailliblement à elles tous les mouvemens de pitié : nous n'aurons à donner au Tyran que les sentimens de notre indignation ; nous plaindrons Clotilde, & nous applaudirons à la vengeance qui fait périr son Persécuteur : l'impression de terreur qui pourroit en résulter sera défectueuse, parce que le Héros ne sera que coupable.

L'envie de trouver ce neuf qui devient tous les jours plus rare dans les Ouvrages de goût; l'espérance de varier cette situation uniforme d'un Héros Chrétien, qui sacrifie à sa Religion tout intérêt de la chair & du sang, m'ont fait passer sur la difficulté : je me suis flatté de pouvoir tirer de l'Histoire même de quoi parer à l'inconvénient : ou, si on l'aime mieux, j'ai couru volontiers le risque d'entendre reclamer la vérité de l'Histoire, par ceux qui voudroient trop scrupuleusement restraindre les priviléges de la Poësie. Deux réflexions m'ont déterminé à saisir un sujet qui paroissoit susceptible de quelques beautés neuves.

On nous donne Clotilde pour une Princesse d'une piété peu commune; mais l'héroïsme Chrétien s'accorde-t-il avec la plainte, qui fait courir ses fréres à la vengeance? Sera-ce fiction, vû le caractere de cette pieuse Reine, de la représenter dans ses amertumes du repentir, quand elle voit son époux sur le point de périr infidéle ? N'est-il pas naturel qu'elle fasse tous ses efforts pour le sauver ? Voilà, par ce premier pas, l'intérêt qu'on prenoit pour Clotilde qui se replie sur son époux : on voudroit sauver un coupable, dont la conservation coûte tant de larmes à la vertu. Mais il faut quelque chose de plus au Spectateur ; le Héros personnellement doit l'attacher à sa fortune, en sorte qu'ils triomphent ou gémissent ensemble. Un Sectaire est assez souvent plus digne de pitié dans son aveuglement, qu'il n'est odieux par les fautes qu'il fait en conséquence de son erreur : Amalaric est de ce nombre. J'ai fait un second pas pour le présenter dans une situation qui méritât qu'on le plaignît encore davantage.

Il fut mis à mort, au moment qu'il cherchoit un asyle dans un Temple des Catholiques ; n'en est-ce point assez pour supposer de sa part une conversion simulée ? Mais si nous nous en tenons là, quelle bassesse plus indigne d'un Héros, que la dissimulation en matiere de Religion ? Il y a bien moins d'inconvénient à profiter de ce que dit l'Histoire, pour lui faire abjurer de bonne foi l'Arianisme ; il ne s'agit que de bien ménager les couleurs qui expriment ſon caractere, de lui donner de la droiture dans ſon égarement, & de trouver dans la préparation des incidens de quoi l'amener comme néceſſairement à ce point ſi deſiré de ſa vertueuſe épouſe. Si je n'y ai pas réuſſi, du moins me paroît-il que l'Art auroit pû y ſuffire, & mettre avec ſuccès Amalaric ſur la Scéne.

Théudis, autrefois Tuteur, depuis Miniſtre & Confident d'Amalaric, eſt ſoupçonné d'avoir trempé ſes mains dans le ſang de ſon Roi: il ne m'a pas été poſſible de le laiſſer entierement chargé d'un crime ſi noir; parce que je ne pouvois le faire périr, ſans déranger la ſuite des Rois d'Eſpagne, où il ſe trouve ſucceſſeur de ſon Pupile. C'eſt auſſi ce qui m'a engagé à lui donner, dans l'intérêt qu'il prend aux malheurs de Clotilde, un prétexte plauſible, pour juſtifier ſa trahiſon à ſes propres yeux. Le caractere de cet adroit politique, & dans ſes vûes ambitieuſes, & dans ſon indifférence pour ſa Secte, eſt fidélement tracé d'après le portrait que l'Hiſtoire nous en a laiſſé. Soit que ce fût une condition exigée par les Princes François, avec qui il entretenoit des intelligences; ſoit que la tolérance en matiere de Religion fût dans ſon caractere; il eſt certain que les Catholiques joüirent d'une entiere liberté sous son Régne.

Quoique les Historiens modernes de notre Nation soient plus exacts que Mariana, pour les faits qui concernent les premiers siécles de notre Monarchie, je me suis attaché à la narration de l'Ecrivain Espagnol; il me laissoit plus de liberté, pour choisir à mon gré le lieu de la Scéne. Il est sans doute plus probable que ce fut Childebert, Roi de Paris, qui vint tirer la Princesse sa sœur de l'esclavage : cependant Mariana parle des quatre Princes successeurs de Clovis, comme si tous avoient eu part à la même expédition : l'oreille seule m'a fait donner la préférence à Clodomir Roi d'Orléans. On me passeroit aisément toutes ces libertés, si j'en avois sçu faire usage, pour profiter d'ailleurs de ce que le sujet a d'intéressant.

AMALARIC,

TRAGÉDIE

EN CINQ ACTES, EN VERS.

ACTEURS.

AMALARIC, Roi des Visigots en Espagne.

CLODOMIR, Roi des François à Orleans.

CLOTILDE, sœur de Clodomir, épouse d'Amalaric.

THE'UDIS, Ministre & favori d'Amalaric, autrefois son Tuteur.

THORISMOND, Officier Visigot, confident de Théudis.

ARCADE, Capitaine des Gardes de Clodomir.

THE'MIRE, Dame d'honneur de la Reine Clotilde.

GARDES.

La Scene est à Barcelone, Capitale des Visigots en Espagne, dans une Sale des Appartemens de la Reine.

AMALARIC,

TRAGÉDIE.

ACTE PREMIER.

SCÈNE PREMIERE.

CLOTILDE, THEMIRE.

THEMIRE.

Reste à goûter les fruits de la juste vengeance
Que demandoient Clotilde & l'honneur de la France,
Tandis que tout conspire à finir vos malheurs
Vous vous plaisez, Madame, à répandre des pleurs!
Doutez-vous du succès des armes qu'autorise
La querelle du Ciel à vos freres commise?
Vous verrez triomphans Clotaire & Clodomir,
L'impie Amalaric à son tour va gémir;

Du sort de l'Arien captif ou mis en fuite
Peut être en ce moment, allez vous être instruite.

CLOTIDDE.

Thémire, c'est en vain qu'en l'état où je suis
Ta pitié se promet d'adoucir mes ennuis :
Quel que soit le parti que la victoire embrasse
Que peut-on m'annoncer qu'une affreuse disgrace ?
Puis-je voir sans frémir, d'un côté, mon époux
Au Goth impitoyable inspirer son courroux,
Et mes freres de l'autre animer au carnage
Ceux dont ma lâcheté vient d'armer le courage ?
La victoire est douteuse & mon malheur certain.

THE'MIRE.

La volonté du Dieu qui la tient en sa main
Doit vous faire applaudir, Madame, à sa justice,
Et compter sur les soins de sa bonté propice.

CLOTILDE.

Ah ! Thémire, à lui seul si j'avois eu recours
Ma tranquille priére attendroit son secours ;
Mais le Ciel qu'outragea ma plainte sanguinaire
Ne peut plus écouter mes vœux qu'en sa colere.
Que devant Barcelonne à mes cris accourus
Mes freres malheureux soient aujourd'hui vaincus ;
Pour prix de son ardeur à me voir satisfaite
Que du François altier j'obtienne la défaite,
Puis-je me déguiser, quel surcroît de fureur
M'apprête à dévorer Amalaric vainqueur ?
S'il ne respectoit pas ma timide innocence
De quel œil verra-t-il ma stérile vengeance ?
Dans l'espoir d'éviter un si juste courroux
M'obstinerai-je donc à poursuivre un époux ?
Presserai-je le Ciel, oubliant ses maximes,
D'exaucer sans pitié mes vœux illégitimes ;

De joindre Amalaric à la foule des morts,
Pour condamner Clotilde à d'éternels remords ?
Car enfin, s'il périt, présente à ma pensée
Quels discours me tiendra son ombre courroucée ?
Et quand je fermerois mon oreille à ses cris,
Moi-même à mon tourment, moi seule je suffis.

THE'MIRE.

Vous repentiriez-vous d'avoir brisé la chaîne
De ce fatal hymen source de tant de haine ?
Plûtôt vous bénirez la justice du Ciel
S'il vous dérobe aux coups de ce monstre cruel.

CLOTILDE.

Et qu'importe qu'enfin ta Reine soit vengée ;
Si ta Religion, Thémire, est outragée ?

THE'MIRE.

Eh quoi ? votre interêt n'est-il donc pas le sien ?
La Foi sous le pouvoir d'un impie Arien
Gémissoit sans appui, malgré tout votre zèle ;
Son tyran abbatu, vous pourrez tout pour elle
L'Erreur qui l'opprimoit avec tant de fierté,
Sur le Trône à son tour verra la Vérité.
Peut-être, qu'après vous, l'Espagne toute entiere
De la foi de Clotilde éternelle héritiere,
Et des droits de l'Eglise immuable soutien
Servira de modéle à l'Univers chrétien.
Quelle gloire pour vous, si par votre entremise
Vos Sujets réunis dans le sein de l'Eglise
Enfans à la Lumiere engendrés de nouveau
Tiennent de votre main ce céleste flambeau !

CLOTILDE.

Eh ! comment cette foi, que j'ai deshonorée ;
Me devroit-elle ici son lustre & sa durée ?
J'aurois dû commencer par ne la pas trahir,
Il me siéroit alors de lui faire obéir :

Les reproches secrets qu'elle me fait entendre
M'interdisent plûtôt l'honneur de la défendre :
Il faut pour la servir de plus grandes vertus.
Je vais pleurer mon crime, & ne puis rien de plus.

THE'MIRE.

De quel crime à ses yeux êtes-vous donc coupable,
Vous qui de cette Foi victime respectable
Avez d'un long martire essuyé les horreurs ?
Qui survivez à peine aux sanglantes fureurs,
Dont jusques à ce jour vous fûtes poursuivie ?
Il ne vous manquoit plus que de perdre la vie.
D'un langage flatteur j'ignore les détours,
Mais s'il est des vertus dignes de ces beaux jours,
Qui firent admirer l'Eglise en sa naissance,
Dans vous...

CLOTILDE.

De ce discours corrige l'indécence.
Où sont-ils ces tourmens si saintement soufferts ?
Où sont ces échaffauts, ces gibets & ces fers ?
Vois cent mille François ministres de ma haine ;
Considere ces Rois que ma fureur entraîne ;
Mon nom, pour cri de guerre, excitant leurs Soldats
A porter la terreur dans mes propres Etats.
Tout parle de mon crime, & la France & l'Espagne ;
Son image par tout se peint & m'accompagne ;
Ce lugubre palais reproche à mon orgüeil
L'impatient dépit qui le remplit de deüil.
Ose me joindre encore à la troupe innocente
Des généreux Martirs, qui d'une voix mourante
Bénissoient leurs tyrans, loin de les détrôner,
Et qui prompts à mourir, plus prompts à pardonner
Du coup qui les frappoit, excusant l'injustice,
Au Ciel, pour l'expier, s'offroient en sacrifice.

Dans ces combats fameux vaincus par la douleur
Verserent-ils jamais d'autre sang que le leur ?
Si je t'en crois, ma gloire à la leur est égale ;
Mais voi par quels efforts ma vertu se signale !
Mes Freres, mon Epoux, l'Etranger, mes Sujets
Vont noyer dans le sang ma plainte & mes regrets !
Je n'ai plus qu'un moyen de réparer ma honte ;
La mort que je fuyois il faut que je l'affronte.
Volons au camp, Thémire.

THE'MIRE.

Où voulez-vous aller,
Madame ? A quel excès vous laissez-vous troubler ?
Vivez ; vous avez fait ce que vous deviez faire.
D'ailleurs, dans ce palais vous êtes prisonniere.
Vous ne l'ignorez pas ; votre époux en partant
A jugé que surtout il étoit important,
Qu'on éclairât vos pas, & qu'une sûre garde
Veillât....

CLOTILDE.

C'est Théudis que cet emploi regarde ;
Tu sçais que de mon sort il a paru touché ;
Qu'à l'erreur en public s'il paroît attaché
Il dédaigne en secret l'interêt de sa Secte,
Que s'il n'aime la Foi, du moins il la respecte ;
Et comme de l'Etat il meut tous les ressorts
Souvent d'Amalaric il calmoit les transports ;
Souvent il lui vantoit ma tendresse & mes charmes,
Et son crédit cent fois a suspendu mes larmes.
Bien plus, quand par le tems mon courage abbatu
Fut las de soutenir ma trop foible vertu,
Théudis le premier touché de mes miseres
Me dit qu'il étoit tems d'en informer mes freres.
A cet éclat, sans doute, il ne s'attendoit pas,
Ni que si-tôt la foudre arrivât sur leurs pas :

Il ne peut qu'approuver le dessein magnanime,
Que m'inspire l'ardeur de réparer mon crime.
Oui, je l'effacerai, s'il en est encor tems:
J'irai fléchir le cœur de ces fiers Combattans;
J'éléverai ma voix entre les deux Armées,
Et de quelque fureur qu'elles soient animées,
Les armes céderont à mes vives clameurs;
Et plus heureuse encor, Thémire, si j'y meurs.
As-tu vû Théudis? je t'en avois chargée;
Viendra-t'il?

THE'MIRE.

Oui, Madame, & j'en suis affligée:
J'aurois désobéi si j'avois pû sçavoir
Que l'ordre étoit donné par votre désespoir.
Quoi! Pour aller au camp, vous me faites complice
Du projet dont pour vous il faut que je rougisse?
Pardonnez à mon zèle un manque de respect,
Qui l'atteste plûtôt, qu'il ne le rend suspect....
Mais Théudis paroît.

SCENE II.

CLOTILDE, THE'UDIS, THEMIRE.

THEMIRE.

Seigneur, sauvez la Reine;
Obéissez au Roi.

CLOTILDE.

Théudis, si ma peine

Trouve quelque pitié dans ton cœur généreux
Ecoute ma priére, & seconde mes vœux.
Tu vois ce qu'a produit cette fatale lettre
Qu'aux deux Princes François nous avons fait remettre;
Et de quelle fureur ce voile ensanglanté
Aux yeux de Clodomir avec art présenté
Anime sa tendresse à vanger mon injure;
Du glaive de la Foi j'arme ici la nature:
Toi-même, il t'en souvient, tu m'en fis un devoir;
Qu'on séduit aisément un cœur au désespoir!
Je crus de la raison écouter le langage;
Mais aujourd'hui le Ciel dissipe le nuage.
Je sens toute l'horreur des criminels transports
Qui m'ont fait appeller mes freres sur ces bords;
Pour t'opposer aux vœux qui sauvent ta patrie,
Tu l'as jusqu'à ce jour trop ardemment servie.
Ne perdons point de tems; ouvre-moi ces remparts;
Et ne m'allégue point de frivoles égards:
Je combats pour le Roi, c'est pour lui que mes larmes
Vont des mains du François faire tomber les armes.

THE'UDIS.

Madame, vous sçavez les volontés du Roi;
Puis-je m'en écarter sans violer ma foi?
Ses ordres sont sacrés. Si mon refus vous blesse,
Agréez sur ce point trop de délicatesse.
Du reste, dans ces murs vous pouvez commander;
Au pouvoir de Clotilde ici tout doit céder;
Si je vous y retiens, ce n'est point en captive;
Et peut-être avez-vous la marque la plus vive
De la pitié qui doit m'intéresser pour vous,
Lorsque je contredis vos soins pour votre époux.

CLOTILDE.

Est-ce à toi, Théudis, de contraindre mon zèle?
Est-ce donc là parler en ministre fidéle?

Pourvû que de l'Etat on sauve les débris,
Que ton Roi soit heureux, que t'importe à quel prix?

THE'UDIS.

Un fidéle sujet, pour quoique ce puisse être,
Ne doit point éluder les ordres de son Maître.
Ces murs ainsi que vous m'ont été confiés,
Et je croi mes refus assez justifiés.
Vos freres reverront votre auguste personne,
Si le sort du combat leur ouvre Barcelonne.
Du sort d'Amalaric, puisqu'enfin il le faut,
Remettons-nous, Madame, aux conseils du Très-haut.

CLOTILDE.

Egalement exempt de crainte & d'espérance,
N'as-tu donc pour ton Roi que de l'indifférence?
Tu parles de sang froid sur son sort indécis,
Quand tu dois être en proie aux plus cuisans soucis.
Lorsque je trahissois mon époux & ton maître,
Tu m'as si bien servie; & quand tu vois renaître
Mes tendres sentimens trop long-tems suspendus,
Ton zèle t'abandonne, & tu ne m'entends plus!
Que fais-tu dans ces murs en ce péril extrême?
Vas secourir ton Roi, vas sauver ce que j'aime;
Et si c'est ton devoir qui te fait m'arrêter,
Ce que je prétendois ose donc le tenter.
Du moins devrois-tu prendre exemple d'une femme?

THE'UDIS.

En reproches tardifs vous éclatez, Madame.
Le sort en est jetté; j'apperçois Thorismond.

CLOTILDE.

Ah! je ne lis que trop mes malheurs sur son front.

SCENE III.

CLOTILDE, THE'UDIS, THORISMOND, THE'MIRE.

CLOTILDE.

Eh bien ?...

THORISMOND.

Vous triomphez, Madame ; & la victoire
Ne laisse à votre époux que la stérile gloire
De vendre à l'ennemi chérement ses succès.

THEMIRE.

C'est le Ciel qui triomphe, & non pas nos François!

CLOTILDE.

Hélas! mon repentir me rend-il excusable?
Grand Dieu! de tant de sang je suis donc responsable!
Quel soin a pris le Ciel d'Amalaric vaincu?
Respire-t'il encore? ou bien a-t'il vécu?

THORISMOND.

Je l'ai vû tout couvert de sang & de poussiere
Affronter tour à tour Clodomir & Clotaire;
Et trois fois je l'ai vû Général & Soldat
Par son activité rétablir le combat:
Je l'ai perdu de vûe alors dans la mêlée;
La déroute des siens vainement reculée
Se détermine enfin & l'entraîne avec eux,
Et la confusion le dérobe à mes yeux.
Chargé de rapporter cette triste nouvelle
Je n'ai pû près de lui satisfaire mon zèle.

Clotaire va, dit-on, pourſuivre les fuyards;
Clodomir, ſur mes pas vient forcer nos ramparts.

CLOTILDE.

C'eſt déja trop de ſang: ouvrons, ouvrons nos portes.

THE'UDIS.

Les ordres ſont donnés, Madame; & nos cohortes
doivent ſans réſiſtance admettre le vainqueur.

CLOTILDE.

Allons, Thémire, allons modérer ſa fureur.

SCENE IV.

THEUDIS, THORISMOND.

THORISMOND.

AINSI, déconcertés dès le premier préſage,
Nous n'oſons diſputer un ſecond avantage;
Notre valeur oiſive, après un vain effort,
Prend le premier ſuccès pour un arrêt du ſort.
Vous connoiſſez pour vous toute ma déférence,
Seigneur; mais après tout un peu plus d'aſſurance
Peut-être ſauveroit ces murs que vous livrez:
D'un triomphe ſubit les Vainqueurs enyvrés
Peut-être abaiſſeront dès demain dans nos plaines
Cet orgüeil qui déja nous prépare des chaînes.

THE'UDIS.

Thoriſmond, ſachons mieux profiter des inſtans,
Et ne nous piquons point de vaincre à contre-tems.

THORISMOND.

Un triomphe ſouvent aux François eſt nuiſible;
C'eſt quand il a vaincu qu'il eſt moins invincible,

Seigneur, c'eſt un torrent, laiſſons-le s'écouler :
Nos remparts ne ſont point ſi prêts à s'écrouler
Qu'ils nous laiſſent ici contre lui ſans reſſource ;
Sa rapidité même abrégera ſa courſe ;
Dans peu diſparoîtront par la fuite emportés
Ces Conquérans d'abord ſi fiers, ſi redoutés.

THE'UDIS.

Pourquoi d'Amalaric nous faire la victime ?
Le François vient armé d'un courroux légitime :
Je ſçaurai mettre un frein à ſon ambition.

THORISMOND.

Haïriez-vous le Roi ?

THE'UDIS.

Je hais l'oppreſſion.
Peut on voir ſans horreur une aimable Princeſſe,
Pour qui même le Ciel aujourd'hui s'intéreſſe,
Et par qui la vertu vouloit régner ſur nous,
Avoir à notre honte un Tyran pour époux ?

THORISMOND.

Seigneur, m'eſt-il permis d'éclaircir ce myſtére ?
Peut-être j'entre-vois d'un œil trop téméraire
Un ſecret à ma foi juſqu'ici dérobé,
Dont le ſoupçon pourtant en mon ame eſt tombé.
Je l'ai diſſimulé tant que votre ſilence
A paru m'écarter de cette confidence ;
Mais vos derniers diſcours ſemblent autoriſer
Mon amitié ſincere à ne rien déguiſer.
Et mon attachement me tiendra lieu d'excuſe
Si je m'avance trop. Seigneur, ou je m'abuſe,
Ou bien la Reine & vous êtes ici d'accord :
Je vous ai vû ſouvent attendri ſur ſon ſort.
Celui d'Amalaric n'eſt pas moins déplorable ;
Du François irrité la vangeance l'accable,

Et bien loin que sa chûte attire vos regrets,
Au bras qui le poursuit vous fournissez des traits!
Théudis aux Vainqueurs ouvre la Capitale!
La consternation est ici générale,
Et Théudis tranquille y reçoit les François,
Comme s'il avoit part lui-même à leurs succès!
Avouez-le, Seigneur, il n'est plus tems de feindre;
Votre secret échappe, & j'ai lieu de me plaindre
Qu'au fond de votre cœur jusqu'ici retenu
C'ait été malgré vous qu'il me soit parvenu.

THE'UDIS.

Puisque tu l'as percé cet important mystére,
Vainement en effet voudrois-je encor le taire.
Ne me reproche point le silence prudent,
Qui de mon propre cœur m'a fait seul confident.
A desservir son Roi le péril est extrême,
Ami, je n'y voulois engager que moi-même;
Car je ne pensois pas que je dusse rougir
Du généreux motif qui me faisoit agir.
J'ai prêté mes conseils à ma Reine opprimée,
Et si de son Tyran la fureur désarmée
Avoit à mes avis un peu plus déféré,
L'orage qui l'entraîne eût été conjuré.
Tant qu'il fût vertueux je demeurai fidéle;
Je n'ai point oublié qu'il fût sous ma tutéle.
Quand aux Champs de Voclade abattu par Clovis,
Votre Alaric laissa la Couronne à son fils,
Du Grand Théodoric j'avois la confiance,
Et du fils de sa fille il me commit l'enfance:
Mais bien-tôt il prévit qu'il ne tiendroit qu'à moi
D'usurper la puissance & le titre de Roi;
Il craignit mon crédit. La vertu soupçonnée
Par-là même au forfait est souvent entraînée;

Les ombrages qu'il prit m'étoient injurieux ;
Mais à fixer le trône ils invitoient mes yeux :
Amalaric depuis a rendu légitime
Un désir qui d'abord me paroissoit un crime,
Et dans l'abîme affreux que lui-même a creusé
A le précipiter je suis autorisé ;
Sans trahir ma vertu je trahis mon Pupile,
Sa honte à mon honneur présente un sûr asyle ;
Clotilde le condamne, & je bénis le Ciel,
Qui pour me disculper l'a rendu criminel.
A le sacrifier mon ame intéressée
N'en eût jamais conçu l'exécrable pensée ;
Mais ce que ma vertu n'auroit osé tenter
Le sort en ma faveur vient de l'exécuter.
Je vole où sur ses pas m'appéle la fortune,
Et je prétens, ami, qu'elle nous soit commune :
A l'aide du François, si je suis jamais Roi,
Je veux que la faveur t'éleve jusqu'à moi.

THORISMOND.

Je suis trop honoré, Seigneur, si mes services
De ceux de vos sujets vous montrent les prémices,
Et si dans ce grand jour Thorismond le premier
Du trône chancelant vous proclame héritier.
Moins fier qu'Amalaric, mais plus juste & plus sage,
Vous ferez aux François respecter leur ouvrage ;
Au bonheur des Sujets qu'ils vous auront soumis
Vous ferez concourir nos propres ennemis.
Mais ne craignez-vous point qu'en cette conjoncture
La foi de nos ayeux ne souffre quelqu'injure ?
Clovis à ses enfans a transmis son horreur,
Pour ceux qu'on lui peignoit infectés de l'erreur.
A peine ce Héros cessa d'être idolâtre,
Qu'il s'arma contre nous d'un zéle opiniâtre,

Et sa postérité fera gloire aujourd'hui
De vaincre pour la foi qu'elle a reçu de lui.

THE'UDIS.

De soins plus importans mon ame embarrassée
Du Dogme d'Arius n'est point tant empressée;
Qu'abandonnant pour lui d'ambitieux projets
Je lui veuille immoler mes plus chers intérêts.
Ce fol attachement dont le Peuple se pique
A toutes les couleurs d'un zéle fanatique.
Nos Héros, mise à part toute prévention,
Sont tous marqués au sceau de la rebellion;
L'ambitieux Eusébe & le transfuge Ursace,
Le parjure Valens, l'Anomæen Acace;
Tant d'autres dont le nom fût resté dans l'oubli,
Si d'éclatans excès ne l'avoient annobli.
Ne nous aveuglons point, la foi simple & soumise
Désignera toujours la véritable Eglise.
Et comment dans ma foi n'être pas ébranlé,
Quand le Dogme lui-même a cent fois chancelé?
Sirmium enfanta trois Formules frivoles,
Quatre lustres ont vû jusqu'à douze Symboles;
Et celui de Nicée une fois promulgé
A tout dit en un mot, & n'a jamais changé.
Mais à d'autres objets il est tems que je songe;
Laissons la vérité combattre le mensonge.
Allons à nos desseins amener les Vainqueurs;
Et de nos Citoyens dissiper les frayeurs

Fin du premier Acte.

ACTE II.

ACTE II.

SCENE PREMIERE.

CLOTILDE, THE'MIRE.

CLOTILDE.

QUAND le courroux du Ciel à chaque instant redouble,
Crois-tu par tes discours mettre fin à mon trouble ?
Je courois au-devant de mon Libérateur,
Et je me suis offerte à mon Persécuteur !
Mes yeux, mes yeux l'ont vû cet Epoux déplorable,
Dont l'aspect est pour moi d'autant plus redoutable,
Qu'il revient fugitif, sans suite, sans pouvoir.
Après l'avoir trahi faloit-il le revoir ?
Quels reproches amers vont sortir de sa bouche ?
Quelle excuse opposer à sa plainte farouche ?
O Ciel ! si tes rigueurs peuvent se modérer,
Ordonne mon trépas.

THE'MIRE.

Pourquoi désespérer,

Madame? Du Très-Haut les faveurs les plus cheres
S'annoncent quelques fois par des signes contraires.
Peut être Amalaric est conduit en ces lieux
Par une main propice, invisible à nos yeux.
Son retour est heureux, même après sa défaite,
Le Ciel auprès de vous lui donne une retraite;
Aux vainqueurs comme à lui ces Remparts sont ouverts,
Pour dérober sa tête à de plus grands revers.
Vous vouliez le sauver, Madame, sa présence
Ouvrira mieux que vous les cœurs à la clémence,
Le spectacle d'un Roi déchû de ce haut rang
Trouvera la victoire à ménager son sang.

CLOTILDE.

Mais Clotilde qui fut la cause de sa chûte,
A ses ressentimens restera donc en bute?

THE'MIRE.

Vous pouvez tout pour lui; que peut-il contre vous?
A force de tendresse étouffez son courroux.
A vos empressemens peut-il être insensible?
Il vous devra le cours d'un Regne plus paisible.
S'il fut votre tyran, vous serez son soûtien,
Et votre repentir fera naître le sien.
L'aurore de ce jour a vû couler vos larmes,
Sa fin aménera celle de vos allarmes;
Rassurez-vous.

CLOTILDE.

C'est lui. Modére ses transports.
Grand Dieu!

SCENE II.

AMALARIC, CLOTILDE, THE'MIRE.

AMALARIC.

TU me comptois déja parmi les morts,
Perfide! Je le vois, ma présence t'étonne,
Et tu croyois regner seule dans Barcelonne.
Pour quelque tems encor joüis de tes forfaits;
Mais je sçaurai troubler tôt ou tard cette paix,
Que tu viens d'acheter par une perfidie...
Tu me fuis... Cette Foi qui t'avoit enhardie
A trahir ton époux, ne te rassure pas?...
Je vois couler tes pleurs... Il faudroit mon trépas
Pour consoler ta haine, & contenter ton zèle:
A ta Foi, si je vis, tu crois être infidele.

CLOTILDE.

Ah! Seigneur, Gardez-vous d'imputer à ma Foi
L'odieux attentat qu'elle réprouve en moi.
Elle seule sans vous suffit pour me confondre;
C'est à moi-même, helas! que je ne puis répondre:
Bien plus qu'à vos transports, c'est à ses cris perçans
Qu'il faut attribuer le trouble de mes sens.
Bien loin que de mon crime elle ait été complice,
Dans le fond de mon cœur elle vous fait justice;
Elle s'y plaint qu'au lieu de vous la faire aimer,
Par mon ressentiment je l'ai fait blasphémer;
Qu'au lieu de vous prêter son flambeau qui m'éclaire,
Je vous ai fait fermer les yeux à sa lumiere.

Vengez-la par ma mort ; ou plutôt, vengez-vous ;
Je ne mérite plus d'expirer sous vos coups,
Pour sceller de mon sang une cause si belle :
Puisqu'aux yeux de sa Foi Clotilde est criminelle.
Mais au mal que j'ai fait on peut rémédier ;
Souffrez qu'on le répare avant de l'expier ;
Laissez-moi conjurer cette horrible tempête,
Dont je puis détourner les effets sur ma tête :
Ma plainte vous perdit, mes pleurs vous sauveront ;
Vous craigniez les François, ils vous rassureront :
Avec eux aujourd'hui je vous réconcilie,
Et demain sans regret j'abandonne la vie.

AMALARIC.

Tu prétens donc, qu'atteint d'une vaine terreur
J'embrasse lâchement les genoux du vainqueur ;
Qu'au gré de ton orgueil abbaissant son audace
Ton époux outragé te demande sa grace ?
Il n'est point de trépas qu'on ne me vît braver,
S'il falloit te devoir mes jours pour les sauver.

CLOTILDE.

Ah ! de quels sentimens payez-vous ma tendresse ?
Car j'ose l'attester, malgré cette foiblesse
Qui m'a fait contre vous soulever l'Etranger ;
Cruel ! c'est mon amour que j'ai voulu venger.
A vos yeux comme aux miens la vengeance excessive
Vous dit s'il fût jamais de tendresse plus vive
Que celle qui fit naître un pareil désespoir.
Je suivois mon penchant bien plus que mon devoir,
En aimant un époux, dans qui l'ingratitude
Changeoit les nœuds d'himen en triste servitude.
Jamais Amalaric se plaignit-il de moi,
Que lorsqu'il s'érigeoit en tyran de ma Foi ?

AMALARIC.

Et vous, sans cette Foi de la mienne ennemie

Quel destin plus heureux & plus digne d'envie ;
Que celui qu'à Clotilde apprêtoit un époux
Qui n'eut jamais des yeux, ingrate, que pour vous ?
Ces Princes accourus à vos ordres sinistres,
De mes vœux empressés ont été les Ministres ;
Ils vous attesteront par combien de soupirs
Je souhaitai l'hymen qui fait mes déplaisirs.
Quand je vis vos vertus passer leur renommée ;
Dans quels nouveaux transports ma tendresse enflamée
Les plaça-t'elle au rang que je leur croyois dû ?
Mais comment, à mes soins avez-vous répondu ?
Je ne vous demandois qu'un peu de complaisance,
Pour unir nos esprits dans la même créance,
Puisque d'un même amour nos cœurs étoient épris ;
Et ma Foi m'a rendu l'objet de vos mépris.
N'avez vos pas traité de damnables adresses
Mes dernieres rigueurs, mes premieres caresses
Qui n'exigoient d'abord de votre illusion
Qu'un silence discret sur la Religion ?
Fiere de vos attraits, dont vous sentiez l'empire,
Ou sur l'aveugle espoir d'un prétendu martyre,
N'avez-vous pas semé vos dogmes indiscrets
Au risque de troubler la paix de nos Sujets ?
Ne vous plaignez donc plus, inéxorable Reine,
Si mon amour a pris les dehors de la haine.
Aujourd'hui même encor, si vous pouviez plier ;
Peut-être je serois prêt à tout oublier.

CLOTILDE.

Pour que de mes forfaits vous perdiez la mémoire ;
Faut-il donc me soüiller d'une tache plus noire ?
Helas ! fût-il jamais un plus cruel tourment ?
Nous nous persécutons tous deux en nous aimant !
Malheur au séducteur, dont l'audace infernale

De l'épouse du Christ enfanta la rivale,
Et qui nous apprêta dans ses noires fureurs
Le poison ennemi de l'union des cœurs!
Monstre avide de sang, détestable furie,
Fatale au nom Chrétien plus que l'Idolatrie,
Que de haines tes feux vont par tout allumer,
S'ils divisent deux cœurs ainsi faits pour s'aimer.
Vous m'offrez mon pardon; je vous offre le vôtre,
Seigneur: au même prix nous pouvons l'un & l'autre
Rappeler la douceur de ces heureux momens,
Où l'hymen nous lia de ses chastes sermens.
On traite votre Foi de nouveauté prophane;
La mienne vous aigrit, la vôtre me condamne:
Mais je sçai que le Ciel me défend de changer,
Et vous pouvez mollir, Seigneur, sans l'outrager;
Puisque, bien qu'à leurs yeux notre Foi soit moins pure,
Vos Pontifes du Ciel n'ont osé nous exclure.
Dissimulez du moins: on le peut sans risquer:
Cent fois à vos Héros on l'a vû pratiquer.
Votre Arius l'a fait. Traitez aussi vous-même
Cette duplicité d'innocent stratagême...
Mais non, croyez sans feindre, & la Foi du vainqueur
Vous répond de vos jours, du Trône & de mon cœur.

AMALARIC.

Votre cœur m'appartient déja par plus d'un titre;
Pour mes jours, le François n'en sera point l'arbitre;
Quant au Trône le sort m'oblige à le quitter,
Mais je sçaurai bien-tôt moi-même y remonter.
Ce n'est point à ces murs que la crainte environne
Que je veux confier ma gloire & ma personne;
Sans exposer le sang de mes tristes Sujets,
Je forme en leur faveur de plus nobles projets;
Des trésors amassés par les Rois mes ancêtres
J'empêche les François de se rendre les maîtres;

Ce dépôt précieux à la mer confié
Passera dans les mains d'un fidele Allié ;
Le Vandale aujourd'hui la terreur de l'Affrique ;
Ennemi déclaré du dogme Catholique
Me présente un appui bien plus digne de moi,
Que celui qu'on me veut vendre au prix de ma Foi :
Pour ramener plutôt la terreur à ma suite
Je pars, je vai laver la honte de ma fuite.

CLOTILDE.

Ah ! plutôt demeurez, cher époux ; n'allez pas
Mettre encor votre tête au hazard des combats ;
Abandonnez, Seigneur, une vaine entreprise :
Votre défaite même ici vous favorise,
Et vous allez chercher jusqu'au de-là des mers
Un appui contre moi tandis que je vous sers.
Payez mon repentir de quelque confiance,
Je crains moins vos rigueurs que votre indifférence ;
Suivez, ou condamnez votre premier transport,
Vivez par mon secours, ou donnez-moi la mort.

SCENE III.

AMALARIC, CLOTILDE, THE'UDIS, THE'MIRE.

THE'UDIS.

Vos trésors sont sauvés ; la voile se déploie,
Seigneur, à l'ennemi vous enlevez sa proie ;
Mais craignez de tomber vous-même entre ses mains.
C'est pour vous ménager des succès plus certains,

Et ſauver vos Sujets des horreurs du carnage ;
Que votre ordre retient leur zèle & mon courage :
Le vainqueur en profite, & les François épars
Vont bientôt juſqu'ici fondre de toutes parts ;
Leurs Enſeignes déja ſur nos murs ſont plantées :
Volez au Port ; j'en ſçai les routes écartées
J'y guiderai vos pas, & juſques ſur les bords
Où l'Affriquain eſt prêt de vous ouvrir ſes Ports
J'irai de la fortune eſſuyer les caprices,
Ou vous en garantir par de nouveaux ſervices.

AMALARIC.

Je vous l'ai déja dit ; non, reſtez en ces lieux,
Théudis ; loin de moi vous me ſervirez mieux,
Vous m'inſtruirez de tout.

SCENE IV.

CLOTILDE, THE'UDIS, THE'MIRE.

CLOTILDE.

Rempliſ ſon eſpérance ;
Théudis ; que ton zèle égale ſa conſtance ;
Arrêtons d'un vengeur le courroux trop aigri.
Si toujours de ton Roi tu fus le favori,
Augmente ta faveur dans ce péril extrême.
Tu ſçais ce que tu dois à ton Maître, à moi-même
Pour les ſoins que j'ai pris qu'il n'eut aucun ſoupçon
Que ſon Miniſtre eût part à cette Trahiſon,

THE'UDIS.

Moi ? le trahir ? Quel Regne eût été plus tranquile
A mes ſages conſeils s'il eût été docile ?
Il eſt vrai que ſenſible aux cris des malheureux
J'ai toujours crû devoir m'intéreſſer pour eux,
Que j'ai frémi de voir Clotilde de ce nombre,
Et que de mon crédit n'euſſai-je plus que l'ombre
Pour vous & pour l'Etat je le ferai valoir
Sourd à tout autre Loi qu'à celle du devoir ;
Mais, Madame, à ces traits reconnoit-on un traître ?
Du reſte de ſon ſort je ne ſuis pas le maître ;
Il préfére à nos ſoins un ſecours étranger,
C'eſt au Ciel à le perdre, ou bien à le venger.
Clodomir va bientôt calmer votre ame émüe
Je ne veux point gêner cette douce entrevüe,
Madame : juſqu'ici je conduirai ſes pas ;
Il ſçaura mieux que moi finir votre embarras.

SCENE V.

CLOTILDE, THE'MIRE.

THE'MIRE.

ENfin d'Amalaric l'heureuſe ingratitude
A mis fin malgré vous à votre ſervitude :
Son aſpect importun ne bleſſe plus vos yeux,
Madame ; joüiſſez de ſes derniers adieux.

CLOTILDE.

De ſes derniers adieux tu veux que je joüiſſe ;
C'eſt ſon départ qui fait à préſent mon ſupplice.

THE'MIRE.

Quoi ! Rien ne peut calmer les chagrins inquiets.
Qui s'attachent sans cesse à de nouveaux objets ?
De deux freres aimés l'agréable présence
D'un époux qui vous hait compensera l'absence.
Pourquoi le regretter, vous qui craigniez si fort
Ses reproches amers & son premier abord ?

CLOTILDE.

Pourquoi de ce moment craignois-je les approches ?
Sa tendresse a paru jusques dans ses reproches.
Si mon empressement l'eût ici retenu
De son erreur peut-être il seroit revenu,
J'aurois dans son esprit jetté quelque scrupule :
Il m'aime ; c'est assez ; cet esprit incrédule
Auroit avec le tems pris conseil de son cœur.
Son péril, mon amour, l'exemple du vainqueur,
Peut-être, que sçait-on une céleste flamme
Pour combler tous mes vœux eût éclairé son ame ;
Du moins à la paix seule il auroit eu recours ;
Sans aller du Vandale implorer le secours ;
Et son évasion par cet appui funeste
Des terres de l'état va consumer le reste.
Mais Clodomir paroît.

SCENE VI.

CLODOMIR, CLOTILDE, ARCADE, THE'MIRE, Gardes.

CLOTILDE.

CHer Prince, à quel danger
Ne vous fait pas courir l'ardeur de me venger ?

CLODOMIR.

Vous voir eſt le plus doux des fruits de ma victoire ;
Oui, vous pouvez bien plus que l'amour de la gloire ;
Dans vos embraſſemens, Princeſſe je reçois
Le prix le plus flateur de mes derniers exploits.

CLOTILDE.

Malgré tous les chagrins où mon ame eſt plongée
Que ce moment eſt doux pour Clotilde affligée !

CLODOMIR.

De vos malheurs paſſés perdez le ſouvenir ;
Ou ne les rappellez, ma ſœur, que pour bénir
Le ſuccès dont le Ciel a couronné mon zèle ;
Il s'eſt armé pour vous comme pour ſa querélle :
Dans mes travaux guerriers ſa conſtante faveur
S'attache à vos vertus, bien plus qu'à ma valeur.

CLOTILDE.

Qu'apperçoit-il en moi qu'un objet de vengeance ?
Digne fils de Clovis, c'eſt vous qu'il récompenſe :
Mais de quel œil voit-il l'affreux embraſement
Cauſé dans mes Etats par mon reſſentiment ?

CLODOMIR.

De cet embrasement il ne faut plus vous plaindre ;
Madame, le Ciel même a pris soin de l'éteindre ;
Propice en son couroux ses châtimens soudains
Ont mis Amalaric vivant entre mes mains.

CLOTILDE.

Dieu puissant ! je t'adore en ta sage conduite !
Quoi, Prince ? Amalaric arrêté dans sa fuite,
Pour être à son épouse heureusement rendu,
Voit donc son désespoir malgré lui suspendu ?
Et pour nous consoler aujourd'hui l'un par l'autre ;
La clémence du Ciel nous remet à la vôtre ?

CLODOMIR.

Arcade vous dira tout ce qui s'est passé.

ARCADE.

Du côté de la mer je m'étois avancé :
Un peuple curieux s'attroupoit au rivage.
C'étoit Amalaric qui cherchoit un passage ;
Sur le point d'échapper à la faveur des eaux,
Le Tyran étoit prêt d'entrer dans ses vaisseaux :
Mais un gros de Soldats qu'au port j'ai fait descendre
L'a surpris au moment qu'il venoit de s'y rendre.

CLODOMIR.

La prison & les fers lui viennent d'annoncer
L'Arrêt que dès ce soir je lui veux prononcer.

CLOTILDE.

Ah ! que viens-je d'entendre ? Epouse malheureuse !
Mon frere, est-ce donc là cette ame généreuse,
Que Clotilde tantôt peignoit à son époux
Exempte des transports d'un barbare courroux ?
N'étois-ce point assez qu'aujourd'hui la victoire
A sa fuite honteuse opposât votre gloire ?
Et qu'aux pieds d'un vainqueur humilié, confus,
Le triste Amalaric essuyât vos rebuts ;

Craignez vous d'ajouter au malheur qui l'opprime
En lui montrant en vous un Roi trop magnanime ?
Ou pour couvrir l'excès qui le rend criminel
Disputez-vous à qui paroîtra plus cruel ?
Ah ! votre dureté seroit-elle jalouse
D'avoir sçû mieux que lui tourmenter son épouse ?
Est-ce là le secours que je m'étois promis ?
J'attendois des vengeurs, & non des ennemis ;
Et si par Clodomir je juge de Clotaire,
Je ne trouve dans eux qu'un appui sanguinaire
Plus cruel mille fois que l'époux, dont l'erreur
Excitoit sa tendresse à séduire mon cœur ;
Car il m'aimoit, Seigneur : je dois cette justice
A celui dont on veut ordonner le supplice ;
Si comme ma constance, il eût lassé ma foi,
Nulle Reine plus chere à son époux que moi.
Plaignez l'aveuglement dont son ame est atteinte,
Et condamnez plutôt mon odieuse plainte.

CLODOMIR.

De vos rares vertus s'ils étoient moins instruits,
Vos freres auroient lieu, ma sœur, d'être supris
Du reproche où contre eux la douleur vous engage :
Mais la Religion vous dicte ce langage.
Vous nous condamnez tous pour sauver un ingrat ;
Vous voulez le soustraire à la main qui l'abbat :
Votre amour généreux veut le croire excusable ;
Mais bien loin de l'absoudre, il le rend plus coupable.
Cet amour, que l'ingrat a si peu respecté,
Quand il parle pour lui ne peut être écouté :
Non, Princesse. Sa mort doit suivre sa défaite.
Je ne laisserai point ma victoire imparfaite ;
Le Ciel qui me le livre ordonne son trépas ;
Il l'auroit défendu, s'il ne l'ordonnoit pas.

Pour la Foi, j'y consens, oublions notre injure;
Mais la Religion veut le sang du parjure:
Le saint nœud de l'hymen lâchement violé
Et la foi méprisée à mon zèle ont parlé.

CLOTILDE.

Par de plus doux effets le zèle se déclare.
Clovis encor payen eût été moins barbare.
Le zèle dans le sang défend de se baigner;
Le courroux veut tout perdre, & lui veut tout gagner.
Dites, dites plûtôt, cœur altier, ame vaine,
Que la Foi sert en vous de prétexte à la haine;
Et qu'un barbare honneur, dont vous êtes épris
Vous fait à la clémence attacher vos mépris.
Que vous connoissez peu la véritable gloire!
Clodomir, sachez mieux user de la victoire.
Si vous avez vaincu pour le Ciel & pour moi,
C'est de moi, c'est du Ciel qu'il faut prendre la Loi.

CLODOMIR.

Eh bien, ordonnez donc. Que voulez-vous qu'on fasse?...
Qu'il abjure l'erreur, je lui donne sa grace;
J'oublie & vos malheurs & le sang de Clovis.
Est-ce assez déférer, Madame, à vos avis?
Mais si lui-même aussi ne s'y montre docile,
Ne me fatiguez plus d'une plainte inutile.
Plus votre tendre cœur s'empresse à le servir,
Plus l'amour, s'il s'obstine, ordonne de sévir.
J'indique à Barcelonne une pompeuse fête,
Pour rendre grace au Ciel qui l'a fait ma conquête;
Qu'un époux soit la vôtre: A ce prix je consens
Que vous mêliez aux miens vos vœux reconnoissans
Qu'il vive. Avant la nuit je dois me rendre au Temple
Qu'il y suive vos pas, plus encor votre exemple.
Puisse-t'il par vos soins mériter son pardon.

Je lui laisse aujourd'hui ce Palais pour prison.

CLOTILDE.

Thémire, allons finir, ou partager ses peines.

CLODOMIR.

Arcade ira dans peu faire tomber ses chaînes.

SCENE VII.

CLODOMIR, ARCADE.

CLODOMIR.

ARCADE, Que dis-tu de ces empressemens ?

ARCADE.

Ils ne m'étonnent point : Ces nobles sentimens
Ne sont que les effets d'une Foi généreuse.
Fille du grand Clovis, épouse vertueuse,
Clotilde à son tyran veut prêter son appui ;
Mais croyez qu'en son cœur tout parle contre lui :
Et si d'Amalaric ordonnant le supplice
Le ciel vous détermine à lui faire justice,
Elle triomphera de ne le plus revoir,
Malgré tous les regrets accordés au devoir.

CLODOMIR.

D'un ennemi commun s'il falloit se défaire ;
Verserois-je son sang, sans attendre Clotaire ?
Qu'en penses-tu ?

ARCADE.

Seigneur, vous l'attendrez en vain :
Votre frere entraîné par l'appas du butin,

Veut sans vous de l'Espagne achever la conquête :
Barcelonne est à vous, que rien ne vous arrête ;
Du sort d'Amalaric c'est à vous d'ordonner :
Vous pouvez sans délai punir, ou pardonner.

CLODOMIR.

Tandis qu'à mon courroux par un zèle sincere
Ma sœur peut-être en vain travaille à le soustraire ;
J'attendrai son retour dans son appartement ;
J'y veux entretenir Théudis un moment.

Fin du second Acte.

ACTE III.

ACTE III.

SCENE PREMIERE.

AMALARIC, THE'UDIS.

AMALARIC.

LAISSE ces vains diſcours, qui ne conviennent guères
Dans l'état où je ſuis qu'aux oreilles vulgaires.
Le Ciel m'enléve tout ; mais il me reſte un cœur
Qui s'offre ſans foibleſſe à toute ſa rigueur.
Aiſément aux revers un Héros s'accoutume :
Laiſſe-moi de mon ſort dévorer l'amertume.
Pour la derniere fois je te fais appeller,
Pour avoir un vengeur, non pour me conſoler.
Je meurs ſans héritier : Le Ciel en ſa colere
M'a toujours refuſé la douceur d'être pere,
Et ſon arrêt m'efface en la fleur de mes ans
Du nombre des Epoux, des Rois & des Vivans.
Pour fruit de cet hymen, qui par un ſort bizarre
Me rendit à la fois trop tendre & trop barbare,

C

Quand mon zèle à l'envi de mon affection
Vouloit gagner Clotilde à ma Religion,
Je ne laisse pas même après vingt ans de Regne
Un Prince qui me venge, ou du moins qui me plaigne.
Dans ce triste abandon, souviens-toi, Théudis,
Que je fus ton pupille, & que je meurs ton fils.
Ma confiance en toi fut toujours filiale,
Je ne dis rien de trop: Si la race Royale
Manque d'un héritier pour la perpétuer,
Sois digne en la vengeant de t'y substituer.
Ménage après ma mort le vainqueur qui m'opprime:
Que je sois, s'il se peut, sa derniere victime;
Que dans mon sang versé s'éteigne sa fureur;
Mais que la tienne y puise une nouvelle ardeur;
Et quand par mes malheurs pour un tems affoiblie,
L'Espagne par tes soins se sera rétablie,
Que la France à son tour & son peuple aux abois
Trouve dans nos Palais la prison de ses Rois.
N'en laisse point l'honneur à la race future;
Toi-même de mon sang appaise le murmure,
Et par le vain Traité d'une honteuse Paix
De la Guerre aujourd'hui commence les apprêts.

THE'UDIS.

Par ce noble courroux où votre ame se livre,
Vous nous montrez un Roi trop digne de survivre
A tout ce que le sort aux vertus d'un grand cœur
Pour éprouver sa force oppose de rigueur;
Ce que vous m'ordonnez, vous le ferez vous-même,
Seigneur, vous vengerez l'honneur du Diadême.
Non, ce n'est point assez qu'un Héros tel que vous
Ose braver le sort en tombant sous ses coups:
Vous en triompherez en forçant son caprice
Après tant de revers à vous rendre justice;
Et le courroux du Ciel prêt à se rallentir

Détermine déja Clotilde au repentir :
Pour nuire à ſon époux ſa tendreſſe efficace
Le ſera plus encor pour obtenir ſa grace ;
Sous des lauriers trempés des larmes de ſa ſœur
Clodomir au vaincu promet un défenſeur.

AMALARIC.

Défenſeur que j'abhorre ! Appui que je déteſte !
A quel prix de mes jours veut-on mettre le reſte !
On me permet de vivre en abjurant ma foi !
On veut m'intimider !.. On me menace !.. Eh quoi ?
Ai-je dans le combat montré tant de foibleſſe,
Qu'on préſume de moi quelqu'indigne baſſeſſe ?
Et croit-on m'arracher par la peur du trépas
Ce que par ſes ſoupirs Clotilde n'obtient pas ?
Clodomir, n'attens plus que pour combler ta gloire
Je te céde en ce jour une double victoire ;
La premiere appartient plus au deſtin qu'à toi ;
La ſeconde t'échappe, elle dépend de moi.
Ce parti, Théudis, tu l'approuves ſans doute,
Puiſqu'au Trône par-là je te fraie une route,
De tout ce que je perds aſſez dédommagé,
Si je meurs dans l'eſpoir que je ſerai vengé.

THE'UDIS.

Non, l'eſpoir de régner, n'eſt point ce qui m'engage
A ſouſcrire au tranſport de ce noble courage ;
Et j'en condamnerois l'héroïque fierté,
S'il expoſoit vos jours par trop de fermeté :
Non, la Foi d'Arius, quoiqu'on en puiſſe dire,
Ne ſçauroit éxiger qu'un Roi courre au martire :
Ce zèle ſanguinaire & ſans diſcrétion
Pourroit dégénerer en ſuperſtition.
Aux Dogmes révélés par le ſouverain Eſtre
N'égalons point celui que l'Egypte a vû naître ;

La crédulité seule a pû lui donner rang
Parmi les vérités qu'on scelle de son sang.
Mais, Seigneur, votre peuple en a fait son idole;
Si de Nicée enfin adoptant le Symbole
Amalaric sembloit varier dans sa Foi,
Ce peuple révolté méconnoîtroit son Roi;
A sa fidélité sa Foi tendroit un piége
Et par religion le rendroit sacrilége.
Ménagez donc, Seigneur, de si chers interêts;
Bravez votre ennemi, plutôt que vos Sujets:
Aux vœux de Clodomir vous montrant plus facile;
Pour un persécuteur vous en trouveriez mille;
Et le moins redoutable appaisé par sa sœur,
Vous délivre du soin de chercher un vengeur.
Votre interêt s'accorde avec votre Courage.
De votre paix la Reine achévera l'ouvrage,
Et je ne doute point que la fin de ce jour
Ne vous rende à vous-même, au Trône, à notre amour.

AMALARIC.

La prudence & le zèle ont parlé par ta bouche:
Mais quand mon interêt si vivement te touche,
Ne sentiras-tu rien pour la Religion?
Ne seras-tu jamais Arien que de nom?
Par cette criminelle & molle indifférence
C'est toi qui de Clotilde as nourri la constance.
Sur ce grand interêt peux-tu donc t'endormir?
Que prétens-tu?

THE'UDIS.

Seigneur, on vient. C'est Clodomir.

SCENE II.

AMALARIC, CLODOMIR, THE'UDIS, Gardes.

CLODOMIR.

SEigneur, est-il donc vrai qu'une épouse éplorée
De ce cœur endurci n'ait pû trouver l'entrée ?
Elle m'adresse à vous ; & ce n'est qu'à ses pleurs,
Que vous devez la part qu'on prend à vos malheurs.
L'ingrat Amalaric étoit assez coupable
Pour ne trouver en moi qu'un juge inéxorable ;
Barbare époux, tyran, souillé du sang François,
Devoit-il espérer de m'appaiser jamais ?
Mais qui n'écouteroit la vertu malheureuse,
Et d'un cœur offensé la pitié généreuse ?
Les larmes que versoit Clotilde sous vos coups,
Quand je les fais tarir veulent couler pour vous :
Profitez-en, Seigneur ; en faveur de ces larmes,
Nos Guerriers triomphans vont mettre bas les armes ;
Pourvû que de l'erreur vous quittiez le parti.
Le bras de notre Dieu sur vous appesanti
Vous fait connoître assez ce que vous devez croire ;
Puisque sous nos drapeaux il range la victoire.

AMALARIC.

La victoire, Seigneur, ne décide de rien ;
Le Ciel a fait souvent triompher l'Arien ;
Quelques fois sur le juste éclate son tonnerre,
Et sans cesse aux méchans il ne fait pas la guerre.

Jouissez à loisir d'un triomphe si vain,
Qui n'est rien moins pour moi qu'un Oracle divin.
Non, ne vous flattez pas qu'une espérance lâche
Du parti des Vaincus aujourd'hui me détache
Et pour m'y soutenir contre la cruauté,
Seigneur, je n'ai besoin que de ma fermeté.
J'ai choisi pour modéle une épouse intrépide.
Pourrois-je sans rougir paroître plus timide;
Qu'elle ne fût jamais dans les assauts divers,
Qu'elle eut à soutenir pour vos Dogmes pervers?

CLODOMIR.

Quoi? Tu m'oses braver au sein de la victoire!
Et de tes cruautés toi-même tu fais gloire!
Que tardai-je? Portons l'arrêt de son trépas....
Pourquoi, trop tendre épouse, arrêtes-tu mon bras?
Quand pour sauver ses jours ta piété m'implore,
A te persécuter il seroit prêt encore.

AMALARIC.

Et comment à vos yeux suis-je si criminel?
Qui de vous ou de moi se montre plus cruel?
Tendre jusqu'aux Autels, quand l'ingrate Princesse,
Refusoit d'écouter la voix de ma tendresse;
A-t'on vû mon courroux dans un cruel transport
Se répandre contre elle en menaces de mort?
Vous venez la venger, & votre barbarie
L'immole à ses remords en menaçant ma vie.

CLODOMIR.

Se peut-il qu'un tyran ose se prévaloir
Des pleurs de l'innocent!.. Eh bien jusqu'à ce soir
Les pleurs de ton épouse ont differé ta peine,
C'est tout ce que je puis accorder à la Reine.

(*Aux Gardes.*) (*A Amalaric.*)

Qu'on la fasse avertir... Vas, fuis loin de mes yeux.

AMALARIC.
Epargnons l'un à l'autre un aspect odieux.

SCENE III.

CLODOMIR, THE'UDIS, Gardes.

CLODOMIR.

TAndis qu'Amalaric à sa perte s'obstine
Ta grandeur s'établit, ami, sur sa ruine:
De tes soins généreux reçois le digne prix,
Du Trône d'un tyran recueille les débris;
Régne, heureux Allié, de l'indomptable France
Et sois sûr à jamais de sa reconnoissance.

THE'UDIS.

Seigneur, prêt à jouir du pouvoir Souverain,
Je sens combien les dons que me fait votre main
Sont dûs à vos bontés plus qu'à votre justice,
Et que la récompense excéde le service.
La vertu ne doit rien à qui veut la venger.
Et trop heureux le bras qui peut la protéger.
Clotilde en ses malheurs avoit droit à mon zèle:
J'aurois voulu sauver son tyran avec elle;
Mais lui-même en aveugle en ordonne autrement.
Il se perd malgré moi.

CLODOMIR.

Ce noble sentiment
T'assure la Couronne autant que ma promesse:
Mais sçais-tu quel trésor Amalaric te laisse?

THE'UDIS.

Je lui dois peu, Seigneur, & j'attens tout de vous.

CLODOMIR.

Et bien, sois à Clotilde, & deviens son époux.
Tu vois comme un François sçait tenir sa parole;
Et si je te flattois d'une attente frivole,
Lorsque dans le Traité que tu fis avec moi
Je te donnai mon nom pour garant de ma Foi.
Je te promis alors, que si les Pyrénnées
S'ouvroient à nos Guerriers par tes sourdes menées,
Après Amalaric je te ferois régner:
Cette offre n'étoit pas sans doute à dédaigner;
Mais tu n'espérois pas qu'une seule campagne
Fît passer sous tes Loix presque toute l'Espagne;
Ni que d'Amalaric l'aveuglement affreux
Fît monter ta fortune au dessus de tes vœux.
Oui, pour mieux écarter toute brigue jalouse
Te donnant par surcroît ta Reine pour épouse;
Je te fais proclamer d'une commune voix:
Mais il n'est qu'un moyen de répondre à mon choix.
Du joug d'un Arien Clotilde à peine exempte
Croiroit de ton hymen la chaîne aussi pesante,
Et se cœur le plus tendre infecté de l'erreur
Ne peut plus pour le sien qu'être un objet d'horreur.
A tes vains préjugés il faut que tu renonces,
Et j'attens sur ce point tes dernieres réponses.

THE'UDIS.

Ah! Quand par vos bontés vous me rendez confus,
Craignez-vous d'essuyer les superbes refus
Qui vont d'un fier tyran consommer la disgrace
Et m'élever au Thrône en éteignant sa race?
Ce n'est pas d'aujourd'hui, Seigneur, que j'ai senti
Tout ce qu'a d'odieux un rebelle parti:
Sous de pompeux dehors au vulgaire il se cache;

Mais la rebellion n'est que la moindre tache
Qu'on peut lui reprocher, lorsque de ses progrès
On veut examiner les traces de plus près.
De la foi primitive on conserve quelque ombre;
Mais de nos Ariens, Seigneur, le plus grand nombre
Voudroit voir l'Univers redevenir payen;
On dégrade le Christ pour n'être plus Chrétien.
C'est-là l'unique but de toutes les cabales,
Qui sément parmi nous ces discordes fatales,
Et qui dégénérant en de sanglants combats
Avec le Culte saint renversent les Etats.
Mais consultez Clotide. Elle sçait elle-même
Qu'en public d'Arius j'ai suivi le systême,
Et qu'il ne fut jamais dans le fond de mon cœur;
Dès ce soir, s'il le faut, j'en abjure l'erreur.

CLODOMIR.

Que j'aime en tes discours à voir déja ce zèle
Qui rendra sous tes Loix l'Espagne plus fidéle.
La Princesse paroît; je me charge du soin
De te gagner son cœur: Laisse-nous sans témoin.

SCENE IV.

CLODOMIR, CLOTILDE, THE'MIRE, Gardes.

CLOTILDE.

A Malaric, Seigneur, sera-t-il infléxible?
S'il l'étoit, à mes maux seriez-vous insensible?
Mieux que moi, Clodomir auroit-il réussi?
C'est sur quoi mon amour brûle d'être éclairci.

CLODOMIR.

Madame, il veut périr; sa fermeté brutale
Dans son impieté ne peut avoir d'égale.
Oubliez jusqu'au nom d'un si barbare époux:
Lui laisser voir le jour, c'est l'armer contre vous.
La clémence ne fait qu'irriter son audace;
Ce seroit exiger que je vous immolasse,
Que de vouloir encor reclamer la douceur
D'une pitié cruelle.

CLOTILDE.

Ainsi donc votre sœur
Dans qui le Ciel condamne une foi trop timide
Sera coupable encor d'un affreux parricide!
Oui, c'est moi qui t'immole, époux infortuné!
Tu marches au supplice où je t'ai condamné!
Ton erreur s'applaudit de courir au martire!
Et ton épouse, hélas! Oserai-je le dire?
N'a pû dissimuler quelques emportemens,
Qui lui causoient au plus quelques fâcheux momens!
Je n'ai pû d'un époux supporter la rudesse,
Qu'adoucissoit encor un reste de tendresse!
Si vous m'aimez, cher Prince, épargnez-moi l'horreur
De voir Amalaric plus fidéle à l'Erreur,
Que ne le fut Clotilde à la Vérité sainte:
Oubliez s'il se peut, une honteuse plainte,
Dont un juste remord m'a fait rougir trop tard;
Pour laquelle, Seigneur, vous eûtes trop d'égard:
Elle a fait à la France un plus cruel outrage,
Que l'affront qu'est venu venger votre courage.
Quand pour la Foi du Christ elle auroit dû mourir,
La fille de Clovis, n'a rien voulu souffrir!

CLODOMIR.

Princesse, le Ciel veut que vous viviez encore;
Bien plus que votre mort tant de vertu l'honore;
Et jamais nos Martirs ne parurent plus grands,

Que lorſque ainſi que vous ils aimoient leurs Tyrans.

CLOTILDE.

De ma tendreſſe, hélas! Quelle funeſte iſſue!
Malgré moi vous voulez l'immoler à ma vue!

CLODOMIR.

Il eſt vrai; mais auſſi ce n'eſt point malgré lui.
Que ne s'eſt-il montré digne d'un tel appui?

CLOTILDE.

Dès l'enfance élevé dans l'erreur Arienne,
De ſes préventions voulez-vous qu'il revienne,
Et qu'il croye autrement que n'ont crû ſes Ayeux
A la moindre lueur qui vient frapper ſes yeux?
Clovis ne ſe rendit aux larmes de ma mere
Qu'après avoir long-tems refuſé la lumiere.
Il m'en ſouvient encor. Tu me le dis hélas!
Ma mere, quand l'hymen m'arrachoit de tes bras:
Ah! faut-il que mon nom ſoit l'unique avantage
Qui de Clotilde en moi retrace ici l'image!
» Ma fille, me dit-elle, en répandant des pleurs
» Qui de ce jour fatal préſageoient les malheurs:
» Le Ciel pour ſes deſſeins au Trône vous appelle.
» J'épouſai comme vous un Monarque infidéle;
» Et j'eſpere qu'un jour vous verrez comme moi
» Votre époux & ſon peuple embraſſer votre Foi.
» Pour un ſi beau deſſein armez-vous de conſtance;
» Et ſouffrez, s'il le faut, avec perſévérance;
» D'un eſprit qui s'obſtine eſſuyez les lenteurs;
» Combattez d'un époux les Dogmes impoſteurs
» Toujours par vos vertus plus que par vos paroles;
» C'eſt ainſi qu'à Clovis j'arrachai ſes Idoles...
Qu'ai-je fait, malheureuſe! Et ces ſages avis
De la mort d'un époux ſeroient-ils donc ſuivis!
Si malgré mon forfait ſa vertu vous eſt chére,
Profitez mieux que moi des avis d'une mere
Cher Prince.

CLODOMIR.

Eh bien, l'Oracle est prêt à s'accomplir ;
Il ne tiendra qu'à vous, ma sœur, de le remplir.
L'ingrat Amalaric se refuse au présage,
Dont votre hymen flattoit ce malheureux rivage ;
Faites après sa mort pour l'heureux Théudis
Ce que fit notre mere en faveur de Clovis :
Qu'un second hymenée en fasse la conquête ;
A recevoir la Loi de lui-même il s'apprête ;
Dès ce soir il fera pour avoir votre main
Ce que d'un fier tyran on attendroit en vain.

CLOTILDE.

Dans quel étonnement votre discours me jette !
A mon insçû, grand Dieu ! qu'est ce que l'on projette !
Ce monstrueux hymen qui vous l'a proposé ?
L'insolent Théudis l'auroit-il donc osé ?
Un sujet mon époux ! c'est beaucoup se méprendre,
Malgré tout son crédit, que d'oser y prétendre.

CLODOMIR.

Madame, Théudis quoique votre Sujet
D'un injuste dedain ne peut-être l'objet ;
Issu d'un noble sang la gloire l'environne,
Sans la pompe du Sceptre & le faste du Trône,
Et ses sages conseils dès ses plus jeunes ans
Apprirent à régner aux Rois les plus puissans.
Le grand Théodoric par cet heureux génie
Fit adorer ses Loix à la fiere Italie ;
Votre époux insensé ne se perd aujourd'hui
Que pour l'avoir forcé de vous servir d'appui ;
Vous même en vos malheurs éprouvâtes son zèle ;
Il assure à la France un Allié fidéle ;
Le saint Culte surtout s'intéresse à ce choix,
Tout concourt à ranger vos Sujets sous ses Loix.
Tout me livre un tyran honoré de vos larmes ;

Mais qui ne sont pour lui que d'inutiles armes
Depuis qu'à votre sang il vous les fit mêler ;
Malgrez-vous ce sang crie ; & le sien va couler.

CLOTILDE.

Quel étrange dessein votre courroux médite !
Ma douleur est sans voix sur ma langue interdite.
De tout ce qui peut nuire au repos de mes jours
Quel assemblage affreux dans vos derniers discours !

CLODOMIR.

Tant qu'il respirera, je le vois bien, Madame ;
Le seul Amalaric occupera votre ame :
Je sçaurai l'effacer de votre souvenir.

CLOTILDE.

Et comment de mon cœur pourriez-vous le bannir,
Quand pour lui mon amour, quand ma Foi s'intéresse ?
Vous le sçavez, Seigneur ; je lui dois ma tendresse
Et comme à mon tyran, & comme à mon époux.

CLODOMIR.

Madame, c'est assez.

CLOTILDE.

Barbare, où courez-vous ?

SCENE V.

CLOTILDE, THE'MIRE.

CLOTILDE.

Qui l'auroit pû penser, qu'à ce point d'insolence
Du traître Théudis fût monté l'espérance ?
Il affecte le Trône ; & pour s'y maintenir,
Sur un second hymen il me fait prévenir !

Croit-il que pour payer son funeste service
De son ambition je me ferai complice ?
Thémire, le tems presse ; allons à mon époux
Dévoiler des complots dignes de son courroux ;
Eclairons son erreur sur la main ennemie
D'où partent tous les coups qui menacent sa vie.

THE'MIRE.

Ah ! je n'en doute point : Touché de vos remords
Le Ciel de cette intrigue a conduit les ressorts.
Votre époux indigné de l'audace d'un traître,
D'un premier mouvement ne sera pas le maître.
L'ardeur de se venger d'un Ministre odieux,
Mieux que la vérité dessillera ses yeux ;
Le tems de sa conquête achévera l'ouvrage
Sur l'ingrat Théudis va retomber l'orage :
Tout me fait espérer cet heureux changement.

CLOTILDE.

Allons ; il ne faut pas differer d'un moment.
Grand Dieu ! sois en ma bouche, & verse dans son ame
Ces dons que ma pitié, que la tienne réclame.

Fin du troisiéme Acte.

ACTE IV.

SCENE PREMIERE.

THE'UDIS, THORISMOND.

THE'UDIS.

MI, si mon bonheur fit l'objet de tes vœux,
Dans un même transport jouissons-en tous deux.
Du faîte des grandeurs le cœur le plus avide
Jamais n'y fût porté d'un vol aussi rapide.
Ce n'est plus seulement Clodomir qui me sert,
Le Roi, sans le sçavoir, avec nous de concert
Me veut pour Successeur : Amalaric lui-même
De sa mourante main m'a ceint le Diadême :
Mais dans cette puissance il faloit m'affermir ;
Prévenant mes souhaits la sœur de Clodomir
Me fait parler d'hymen, ou permet que j'espére
Cette auguste alliance où m'appelle son frere.

Conçois-tu quels honneurs assure à Thorismond
L'éclat tant désiré dont va briller mon front,
Et combien dans ma Cour ta faveur dominante
De mon autorité sera peu différente ?

THORISMOND.

Seigneur, quand tout un Peuple est heureux par le choix
Qui fait régner sur lui le plus sage des Rois,
Thorismond occupé de la cause commune
Ne doit point s'enyvrer de sa propre fortune.
Ce sont tous vos Sujets qu'il faudroit inviter
Dans ces heureux momens à se féliciter :
Mais en fidéle ami la part que j'y dois prendre
Me fait craindre qu'enfin lassé de se défendre,
En un moment le Roi ne fasse évanoüir
Cet espoir dont lui-même il vous vient d'éblouïr

THE'UDIS.

Thorismond, le danger est passé dans une heure,
Dans une heure au plus tard Clodomir veut qu'il meure;
Clotilde envain gémit, on est sourd à ses cris,
Le frere ni l'époux n'en sont point attendris;
L'un veut venger sa foi, l'autre meurt pour la sienne;
Et pour qu'Amalaric jusqu'au bout se soutienne,
J'ai moi-même tantôt obscurci de mon mieux
Le funeste bandeau qui lui couvre les yeux.
A l'intrépidité d'une fole constance
J'ai sçu de son salut attacher l'espérance,
Lui peignant contre lui son Peuple révolté;
S'il paroît dans sa Foi manquer de fermeté.

THORISMOND.

Vous ne le trompiez pas : s'il osoit se dédire;
S'il refusoit l'honneur d'un fastueux martyre,

Je ne répondrois pas que mon affection
N'armât pour vous servir la superstition.

THE'UDIS.

S'il falloit se prêter à tes vaines allarmes,
C'est Clotilde sur-tout dont je craindrois les larmes.
Elles pourroient peut-être attendrir un Epoux,
Ou d'un frere en fureur suspendre le courroux;
Mais tous deux, grace au Ciel, ont l'ame assez hautaine,
Pour résister long-tems aux larmes de la Reine,
Et du sort du coupable on décide ce soir.
C'est lui.

SCENE II.

AMALARIC, THE'UDIS, THORISMOND.

AMALARIC.

LA Reine vient, & demande à me voir;
Théudis, s'il se peut, épargne-moi la vüe
D'un objet si touchant dont mon ame est émüe;
Je veux bien l'avoüer, depuis son repentir
Ses charmes à mon cœur se sont plus fait sentir
Que lorsque dans sa Foi trop de persévérance
Passoit à mon égard pour froide indifférence.
Le trouble où je la vois me laisse appercevoir
Qu'elle croyoit alors obéir au devoir.
Elle cherche un pardon qu'à peine je refuse;
Mon cœur qu'elle tourmente en même tems l'excuse

Il ſemble à mon amour dans un ſi grand danger,
Qu'elle ne m'y jetta que pour le partager.
Son image plaintive occupe ma penſée :
Et me fait repentir de ma rigueur paſſée.
Je ne ſçai qui m'inſpire un ſentiment plus doux ;
Mais de Perſécuteur je redeviens Epoux :
Evitons ces combats qui déchirent mon ame.

THE'UDIS.

Céderiez-vous, Seigneur, aux larmes d'une femme ?

AMALARIC.

Non, non : mais de ton Roi ſur le point de périr
Ecarte des objets propres à l'attendrir.

THE'UDIS.

Vous ſerez obéi, Seigneur.

SCENE III.

AMALARIC *ſeul.*

Dans quelle abîme
Elle me précipite ! .. O perfidie ! O crime ! ..
Et je la plains encore ! .. Il me faut l'éviter ! ..
Tandis que ſon aſpect ne devoit exciter
Que rage, que fureur, je ſens quelque tendreſſe !
Trop lâche Amalaric, rougis de ta foibleſſe.
Quelle gloire te reſte en bravant le trépas,
Si ſans être attendri ton cœur ne l'attend pas ?

SCENE IV.

AMALARIC, CLOTILDE.

CLOTILDE.

DANS mes appartemens qu'un traître ait l'insolence
D'opposer à mes pas une vaine défense !
Son téméraire orgueil sans doute a préssenti
De quels complots son Maître alloit être averti.

AMALARIC.

D'un fidéle sujet le zéle vous irrite ?

CLOTILDE.

Je vous cherchois, Seigneur.

AMALARIC.

Et moi je vous évite :
Mais dès long-tems Clotilde instruite à me trahir,
Jusqu'au dernier moment veut me désobéir.

CLOTILDE.

Ah ! Seigneur : aujourd'hui ma désobéissance
De mon premier forfait vient réparer l'offense.
Vous l'aviez donc donné l'ordre de m'arrêter ?
Mais par qui vouliez-vous le faire exécuter ?
Le connoissez-vous bien, ce Ministre perfide ?
Sçachez qu'à ses conseils l'imposture préside.
Non, ce n'est plus de moi qu'il faut vous défier,
Pour vous je serois prête à me sacrifier :
C'est lui qui jusqu'au bout cherche à trahir son Maître ;
Il est tems qu'à son Roi je le fasse connoître ;
Théudis, ce sujet si cher à mon époux,
Traite avec Clodomir pour régner après vous.

AMALARIC.

Calmez-vous : son dessein n'a rien d'illégitime ;
Son zéle a mérité cette marque d'estime :
Vous accusez à tort sa juste ambition ;
Moi-même je l'appéle à ma succession.
Peut-être que déja vous en étiez instruite ;
Et vous venez ici censurer ma conduite
Sous le prétexte vain d'un important avis,
Et non pas condamner l'orgueil de Théudis.
Après m'avoir réduit à quitter la couronne,
Vous trouvez surprenant encor que je la donne ?
Sans doute Clodomir prétend en disposer.

CLOTILDE.

Eh ! c'est à quoi, Seigneur, je venois m'opposer.
Quelle erreur est la vôtre ! Un traître, un parricide
Aux François en ces lieux aura servi de guide,
Et pour tout châtiment de ces noirs attentats,
Son Roi qu'il met à mort lui cède ses Etats !
Et votre épouse en proye à sa douleur mortelle
Pleurant à vos genoux paroît plus criminelle !
Par de cruels remords vous voulez l'immoler !
Vous aimez mieux périr que de la consoler !

AMALARIC *en la relevant.*

Vos regrets n'ont que trop de pouvoir sur mon ame ;
Suspendez ces sanglots. Expliquez-vous, Madame.
Théudis pour régner va conclure un Traité ;
Eh bien ? Il n'a rien fait contre ma volonté.

CLOTILDE.

Pour conclure, Seigneur, ce Traité détestable,
Il n'a pas attendu qu'à ses vœux favorable
Et séduit, je ne sçai par quel enchantement
Son Roi l'autorisât de son consentement.
Depuis plus de six mois, d'accord avec mes freres,
Le perfide tramoit nos communes miséres.

C'est lui qui profitant d'un moment de chagrin
Mit à Clotilde en pleurs le crayon à la main;
Et d'un fatal complot déguisant l'artifice,
Sa bouche me dictoit sous couleur de justice
La plainte que ma main ne traçoit qu'en tremblant;
Il voulut l'appuyer de ce voile sanglant,
Qui dans la passion qu'il m'avoit suggérée
Portoit de vos rigueurs la preuve exagérée.
Et quand votre courroux auroit dû l'accabler,
De nouvelles faveurs je vous l'ai vû combler.
Et moi, que vos rigueurs sembloient rendre excusable;
Malgré mon repentir je reste aussi coupable!
Vous me refusez tout, tandis que Théudis
Va briller sur le trône où vous l'aurez assis!

AMALARIC.

En croirai-je aux discours d'une Epouse affligée?...
Dans quelle affreuse nuit mon ame étoit plongée!...
De quel crime, grand Dieu! ce long aveuglement
Etoit-il de ta part le juste châtiment?

CLOTILDE.

N'en doutez point, Seigneur: c'est Dieu qui vous éclaire;
Pour croire & pour régner recevez sa lumiere:
Il vous offre un trésor qu'on devroit accepter,
Quand au prix de son sang il faudroit l'acheter;
Et recevant la Foi, comme il vous y convie,
Vous recouvrez encore & le Sceptre & la vie.

AMALARIC.

Oui, le trône & le jour ont encor des attraits,
S'ils m'aident à punir le plus noir des forfaits.

CLOTILDE.

Que votre Foi soit pure, & pour votre vengeance
Le Ciel même avec vous sera d'intelligence.

Avouez-le, Seigneur ; le seul entêtement
Vous tint lieu jusqu'ici de tout raisonnement ;
Ce que par vos conseils Théudis alloit faire
Que ne le faisiez-vous pour appaiser mon frere ?

AMALARIC.

Comment ? Par mes conseils ?

CLOTILDE.

Théudis dès ce soir
D'abjurer Arius se faisoit un devoir.

AMALARIC.

Le fourbe n'avoit pris conseil que de lui-même :
Pour le faire régner je me fais anathême ;
Et l'impie insultant à ma prévention,
Ne se fait donc qu'un jeu de la Religion !
Tantôt se défiant de mon peu de constance ;
Lui-même il m'animoit à la persévérance,
Me peignant mes sujets armés contre leur Roi,
S'ils me voyoient jamais chanceler dans ma Foi.
Que j'étois aveuglé !.. Mais n'est-ce point un songe ?
N'est-ce point que Clotilde a recours au mensonge ?
Et que pour m'ébranler par d'injustes soupçons
Elle emprunte la ruse, au défaut de raisons ?

CLOTILDE.

Qu'osez-vous m'imputer ? Pour convaincre le traître ;
Témoignez seulement qu'on vous l'a fait connoître,
Vous verrez de vos yeux son orgueil confondu.

AMALARIC.

Que tardiez-vous cruelle ? Et n'auriez-vous pas dû
Me dévoiler plûtôt sa noire perfidie ?

CLOTILDE.

Hélas ! à vous trahir il m'avoit enhardie.
Je ne connoissois pas ce cœur intéressé ;
D'un zéle généreux je le croyois pressé ;

Comme s'il n'eût songé qu'au repos de sa Reine;
Moi seule je portois le poids de votre haine,
Et j'aurois cru commettre une autre trahison,
Si j'avois fait sur lui tomber quelque soupçon:
Mais l'impudent hymen qu'il trame avec mon frere
Me force à révéler son projet téméraire.
L'eussiez-vous cru, Seigneur? En régnant après vous,
Il prétendoit aussi devenir mon époux.
Après la trahison où je me suis portée,
Je ne mérite pas de me voir regrettée;
Mais d'un juste dédain ce déplorable objet
Le livrez-vous aux vœux d'un insolent sujet?
Et refuseriez-vous de retenir le trône
De peur de partager avec moi la Couronne?
Haïssez-vous assez pour trouver importun
L'usage de tout bien qui nous seroit commun?

AMALARIC.

O comble de l'audace! impudence inoüie!....
Oui, je reviens à toi, je reviens à la vie,
Chere épouse: reçois dans cet embrassement
Le sacrifice entier de mon ressentiment.....
Allez, espérez tout; faites venir le traître;
Devant son Roi trahi qu'il vienne comparoître,
En attendant le sort qu'il a trop mérité.

CLOTILDE.

Bien-tôt vous l'allez voir confus, déconcerté;
Et je ne doute point que de notre entrevüe
Dans cet appartement il n'attende l'issüe.

SCENE V.

AMALARIC *seul.*

Tes augustes Décrets réglent nos volontés ;
Dieu puissant : c'est par toi que nos jours sont comptés.
Je verrai d'un même œil & la mort & la vie ;
L'une ou l'autre à ton gré sera bien-tôt choisie ;
Parle, j'obéirai.... Mais quoi ? Puis-je douter ?..
Les raisons qu'autrefois je ne pouvois goûter
Pénétrent mon esprit de rayons de lumiere....
Quelle Eglise, après tout, a régné la premiere ?
De quel droit Arius vint-il en sa fureur
Au Messie adoré disputer sa grandeur ?..
Quel prodige a rendu sa doctrine croyable ?..
Quel témoin par son sang en consacra la fable ?..
Et d'ailleurs, pour quitter un dangereux parti,
Il me suffit de voir quel monstre en est sorti.
A l'irreligion toute Secte est vendue ;
Tous les crimes bien-tôt suivent la Foi perdue :
Et malheureux les Rois qui sur l'impiété
Se reposent du soin de leur prospérité.
Un Ministre sans foi sera toujours un traître :
Qui méconnoît son Dieu, reconnoît-il un Maître ?
Sans la Religion, Rois, nos titres sont vains ;
Nos droits ne sont sacrés qu'autant qu'ils sont divins...
Mais perdant Théudis enfin je me retrouve :
Je m'attache à la Foi que ta vertu me prouve,
Chere épouse : ton Christ est désormais le mien....
O toi, que blasphêmoit un aveugle Arien,

Pardonne !.. A ton nom seul il n'est rien qu'on n'obtienne !...
Si j'erre en l'adorant mon erreur est la tienne,
Juste Dieu !... Le voici : modérons nos transports ;
Voyons-le jusqu'au bout insensible au remords.

SCENE VI.

AMALARIC, THE'UDIS.

THE'UDIS.

Je vous ai plaint, Seigneur ; & cette heure cruelle
Autant que votre cœur a fait souffrir mon zéle.
Je voulois empêcher Clotilde de vous voir ;
Mais peut-on réprimer un si vif désespoir ?
La faute à Théudis n'en peut-être imputée :
Contre votre défense elle s'est emportée,
Et n'en a témoigné que plus d'empressement
De passer malgré moi dans cet appartement.

AMALARIC.

Non, je ne doute point qu'en Ministre fidéle
Théudis n'ait souffert de me voir avec elle :
Favori trop aimé, je ne t'impute pas
Ce qu'une épouse en pleurs m'a couté de combats ;
Je te connois assez pour te rendre justice.
Mais toi, que diras-tu, si le tendre artifice
De cette épouse en pleurs m'a fait enfin céder ?

THE'UDIS.

Quoi ? Jusques-là mon Roi pourroit se dégrader ?
Lui qui bravoit la mort, qui bravoit la victoire ?
Qui même dans les fers s'acquéroit plus de gloire

En défendant sa Foi du foible de son cœur,
Que s'il eût à son Char enchaîné le Vainqueur?
Est-ce là ce Héros qui tantôt moins sensible
Tout vaincu qu'il étoit paroissoit invincible ?
Amalaric veut-il par la peur de la mort
Aux yeux de ses sujets justifier le sort?
Et des siens révoltés autorisant l'audace
Plûtôt qu'à l'Etranger leur devoir sa disgrace ?
Ne vous y trompez pas, Seigneur; je vous l'ai dit:
Il ne sera plus tems d'employer mon crédit,
Quand de nos Ariens la fureur mutinée
S'armera pour la Foi par vous abandonnée.

AMALARIC.

Poursuis, traître, poursuis; & remplis tes discours
De ce zéle affecté qui tremble pour mes jours.
Pour ton propre intérêt tu n'es pas si timide,
Au travers du péril tu cours au parricide.
Mon Peuple révolté doit me remplir d'effroi;
Mais toi, tu peux sans crainte en abjurer la Foi.
Clodomir aisément garantira ta tête,
Et la Religion n'est pas ce qui t'arrête.
Mais depuis quand, dis-moi, connois-tu Clodomir ?
Quel moyen prendra-t-il pour te mieux affermir
Dans l'absolu pouvoir qu'il vaut mieux que je quitte
Que de me détacher d'une secte proscrite ?..
Tu ne me réponds point !.. Théudis est sans voix,
Je vois son front rougir pour la premiere fois...
Tu le vois, je sçai tout, Monstre de perfidie;
Quelques momens plus tard ton maître étoit sans vie.
Ne m'accuse donc plus de trop de lâcheté,
Si le Ciel me dérobe à ton impiété.
Il renverse sur toi tes conseils homicides:
Mais sur ton châtiment qu'est-ce que tu décides ?

Parles, si toutefois le sang d'un scélérat
Peut suffire à laver un si noir attentat :
Ecoute tes remords, consulte la justice ;
Epargne moi le soin d'ordonner ton supplice.
Vas, de ton désespoir apprens comment il faut,
Si tu manques le trône, éviter l'échaffaut.

THE'UDIS.

Seigneur, dans le courroux dont votre ame est saisie
Je vois qu'il n'est pas tems que je me justifie ;
Un moment plus heureux pourra se présenter.

SCENE VII.

AMALARIC *seul.*

IL ne me reste plus, grand Dieu ! qu'à surmonter
La honte d'avoüer mon erreur déplorable.
Hâtons-nous, profitons du moment favorable :
Dans mon premier transport il m'en coutera peu
De faire à Clodomir un salutaire aveu.
Mais le Ciel me l'adresse-

SCENE VIII.

CLODOMIR, AMALARIC, *Gardes.*

CLODOMIR.

Une espérance vaine
Auroit-elle flatté les desirs de la Reine,
Seigneur ? Elle me dit qu'enfin désabusé
Son époux à nos vœux si long-tems opposé
Reconnoît le pouvoir du bras qui l'humilie,
Qu'avec nous & les Cieux il se réconcilie ;
Et que de ma clémence acceptant le secours
Vos ténébres font place au plus beau de vos jours.

AMALARIC.

Oui, ce jour qui d'abord paroissoit si funeste
M'a fait ouvrir les yeux à la clarté céleste.
Instruit de tant d'horreurs quel avertissement,
Quel miracle attendroit mon endurcissement ?
Hélas ! je me livrois aux conseils d'un impie ;
Je le faisois régner quand il m'ôtoit la vie !
Mais sans doute le Ciel qui vouloit le punir
Avec ce scélérat prit soin de vous unir.
Ne croyez pas pourtant, qu'outré de ses parjures,
Amalaric trahi se répande en injures
Contre la lâcheté qui vous fit en secret
Armer contre son Roi ce dangereux sujet :
Dans cet événement je veux bien reconnoître
La justice du Ciel qui poursuivoit un traître :

D'ailleurs à vos succès ma gloire a survécu ;
Avoir été trahi c'est n'être pas vaincu.

CLODOMIR.

C'est vous qui retirez les fruits de ma victoire ;
Pourquoi si fiérement m'en disputer la gloire ?
Pourquoi ?.. Mais évitons des éclaircissemens
Qui ne conviennent point à ces heureux momens.
Le Saint Temple est orné; déja l'heure s'avance
Où doit fumer l'encens de ma reconnoissance :
Allons tout disposer, pour qu'au pied de l'Autel
Votre hommage à la Foi soit rendu solemnel.

Fin du quatrième Acte.

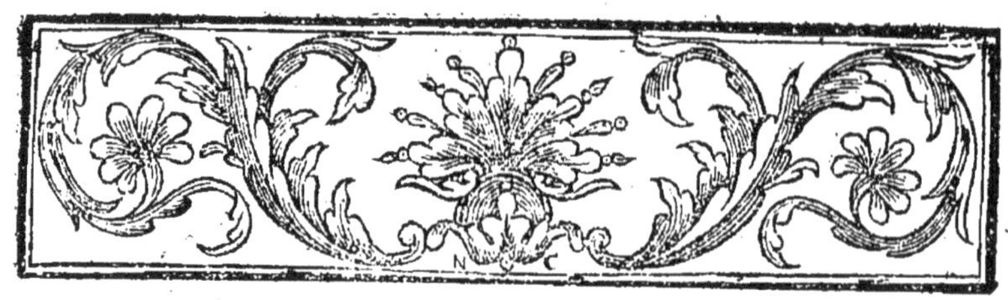

ACTE V.

SCENE PREMIERE.

THE'UDIS, THORISMOND.

THE'UDIS.

'EN est fait : mon malheur passe toutes tes craintes,
Du plus vif désespoir j'éprouve les atteintes,
Et mon esprit troublé ne voit plus que la mort
Qui puisse me soustraire aux horreurs de mon sort.
Clotilde a rappellé son époux à la vie :
A son Amalaric elle me sacrifie ;
Oubliant & mon zéle & ce qu'elle a souffert,
Pour sauver son tyran, l'ingrate ! elle me perd !
Ainsi de nos projets la fortune se joüe !

THORISMOND.

Pourquoi ces vains soupirs ? La foi que je lui voüe
Au sage Théudis ne suffit-elle pas
Pour sortir sans délai d'un si triste embarras ?
Amalaric vous perd en obtenant sa grace ?
Qu'il sente dès ce soir l'effet de la menace

Que lui font mépriser en cette extrémité
Sa lâche complaisance & sa témérité.
Déserteur de la Foi d'un Peuple redoutable ;
Après que ses revers l'ont rendu méprisable ,
Aux coups de l'Etranger il peut bien échapper ,
Mais les siens sont déja tout prêts à le frapper.
Au sortir de ces lieux où mes craintes secretes
Vous présageoient tantôt le désordre où vous êtes ,
De la secte à dessein j'ai vû les plus zélés :
Après quelques discours adroitement mêlés
Sur les maux dont le Ciel afflige la patrie ,
J'ai parlé de la Foi parmi nous si chérie ;
D'un martyr d'Arius j'ai vanté le bonheur ;
Chacun d'eux a paru jaloux de cet honneur ;
Et moi d'Amalaric rendant la Foi suspecte ,
J'ai dit qu'il étoit prêt d'abandonner la secte :
Qu'à ce prix le vainqueur lui vendoit sa pitié.
A ces mots aussi-tôt chacun s'est récrié ;
Déja l'on menaçoit sa tête criminelle ,
Si pour sauver ses jours il étoit infidéle.

THE'UDIS.

Sous ce prétexte vain pourrois-je l'immoler ?
Moi qui depuis long-tems n'ai pû dissimuler ,
Qu'au Dogme d'Arius une erreur insensée
Ne m'attachoit pas plus qu'à celui de Nicée !
A qui même Clotilde a fait plus d'une fois
Déplorer sur ce point le malheur de nos Rois ?

THORISMOND.

Ce jour doit mettre fin à votre indifférence ,
Et le danger présent fait pancher la balance :
Le Dogme qui du trône applanit le chemin ,
Fût-il moins sûr encor doit passer pour divin :
Et s'il faut décrier le Roi comme idolâtre ,
Doutez-vous que bién-tôt un Peuple opiniâtre

N'écoute avidement dans sa crédulité
Un mensonge hardi comme la vérité ?
La calomnie impose au stupide vulgaire ;
La plus absurde a droit de ne pas lui déplaire :
Et sûr d'être écouté je m'en prendrois aux Cieux ;
Que je serois encore un Prophéte à ses yeux :
Mais sans avoir recours, Seigneur, à l'imposture,
Qu'un vil Peuple applaudisse, ou bien qu'il en murmure,
Thorismond lui prépare un vengeur de sa Foi,
Et ce soir Théudis va devenir son Roi.

THE'UDIS.

Non, je ne prétens point que mon sort se décide
Par le coup imprévû d'une main parricide.
Ai-je attendu vingt ans que mon ambition
De régner sans remords trouvât l'occasion
Pour donner à la fin cette scéne sanglante ?
Sans jamais accuser la fortune trop lente
D'un barbare attentat je me suis abstenu ;
D'Amalaric enfant je me suis souvenu,
J'ai toujours dans mon Roi respecté mon pupile
Le chargeant du forfait qui pourroit m'être utile :
Il s'en étoit souillé, quand malgré son Tuteur
De sa pieuse épouse ingrat persécuteur
Il signaloit sur elle un zéle imaginaire :
Dès ce moment j'ai pû sans être sanguinaire
Déterminer Clotilde à se plaindre de lui ;
Le Ciel même a semblé m'avoüer aujourd'hui ;
Mais puisqu'à sa faveur succede sa colére
Ami, je me soumets à son arrêt sévére.

THORISMOND.

Mais, Seigneur, songez-vous qu'un sentiment si haut
Conduira Théudis peut-être à l'échaffaut ?

THE'UDIS.

THE'UDIS.

Quel que soit le destin qu'Amalaric m'apprête ;
La France en mon malheur m'assure une retraite.
Clodomir me vouloit couronner en ce jour,
Me refuseroit-il un asyle à sa Cour ?
Là, tranquille & content d'un exil honorable,
Je laisserai renaître un moment favorable,
D'un espoir différé dissipant les ennuis
Par le doux souvenir du danger que je fuis.
Garde-toi, Thorismond, d'oser rien entreprendre
De ce que t'inspiroit l'ardeur de me défendre.
On vient : c'est Clodomir. Tu peux te retirer,
Vas, & pour mon départ songe à tout préparer.

SCENE II.

CLODOMIR, THE'UDIS, Gardes.

CLODOMIR.

THE'UDIS a sans doute appris ce qui se passe ;
Amalaric enfin a mérité sa grace,
Il abjure l'erreur ; & Clotilde, & le Ciel
Me forcent à sauver un si cher criminel.
Je suspends à regret l'effet de ma parole ;
Que l'espoir de régner cependant vous console.
Vous me voyez réduit à la nécessité
D'accomplir seulement notre premier traité.
A l'hymen de ma sœur le Ciel refuse un gage
Qui du Roi son époux assure l'héritage ;

Si vous même à leur mort vous ne survivez pas;
La France à votre sang assure leurs Etats.
C'est-là ce que pour vous j'avois promis de faire;
J'en avançois le tems; mais le Ciel le différe:
Sur ma sincérité vous pouvez vous fier.

THE'UDIS.

Seigneur, qu'est-il besoin de vous justifier?
Eh! je ne vois que trop au terme où nous en sommes
Que le Ciel s'est joüé des vains projets des hommes.
Je ne reproche point non plus à vos bontés
Leurs bienfaits dangereux & trop tôt acceptés.
En m'offrant un hymen où je n'osois prétendre,
Vous m'éleviez au Trône & m'en faisiez descendre:
Par-là, j'ai vû changer en précipice affreux
Le haut rang que m'offroient vos soins trop généreux;
Mais vous ne comptiez pas que la Reine indignée
De recevoir ma main fût si fort éloignée:
En perdant vos bienfaits, loin de les oublier
Cette perte m'engage à les mieux publier.
Cependant vous sçavez quels transports de colére
Arment contre mes jours un Prince sanguinaire.
Amalaric instruit que par moi les François
Ont eû dans ses Etats un si facile accès,
Me menace du fer que la vengeance apprête,
Et vous seul à ses coups déroberez ma tête.
Souffrez qu'en vos Etats & même à votre Cour
D'un bonheur qui me fuit j'attende le retour;
Et que du Trône encore acceptant l'espérance
J'en prévienne le don par la reconnoissance.

CLODOMIR.

Oui, venez à ma Cour: Annoncez-y, Seigneur,
Des Rois de votre sang la future grandeur.
Je dois vous y traiter moins en Sujet fidéle,
Qu'en utile Allié, dont j'éprouvai le zèle.

Amalaric soumis doit-il vous allarmer ?
Celui qui l'a vaincu sçaura le désarmer.

SCENE III.

AMALARIC, CLOTILDE CLODOMIR, THE'UDIS, THE'MIRE, Gardes.

AMALARIC.

SEigneur, l'heure est venue, & bien-tôt dans le temple,
De ma soumission mon peuple aura l'exemple :
Le cantique de joie est prêt à commencer ;
Venez ; mais d'un moment je veux vous devancer.
Aux portes du saint lieu la circonstance ordonne
Que j'aille recevoir votre auguste personne.
Je ne vois plus en vous qu'un Roi victorieux,
Que m'adresse le Ciel pour déssiller mes yeux,
Qu'un aimable ennemi, qui ne me persécute
Que pour mieux assurer mon salut par ma chute :
De trois cœurs divisés les haines vont finir ;
La Foi mieux que le sang a sçû les réunir.
Mais quoi ? prétendez-vous m'arracher ce coupable ;
Seigneur ? n'arrêtez point un courroux équitable :
Songez qu'auprès de vous quand il cherche un appui,
Vous avez comme moi tout à craindre de lui.
L'impie en sa fureur a menacé ma vie
Malgré tous mes bienfaits...

THE'UDIS.

Vous me traitez d'impie ;
Seigneur, pour n'avoir pû penser comme mon Roi,
Qu'Arius, un rebelle, un séducteur...

AMALARIC.

Tais toi :

Tu ne connus jamais de véritable Eglise
Avant la récompense à tes forfaits promise ;
Et ton esprit flottant n'a de religion
Que celle qui se prête à ton ambition.

CLODOMIR.

Votre indignation sans doute est légitime ;
Mais Théudis m'est cher, il s'est fait ma victime ;
Il s'est perdu pour moi, Seigneur, & je croirois
Mériter vos mépris, si je vous le livrois.

AMALARIC.

Une autre trahison vous apprendra peut-être,
Combien sont dangereux les services d'un traître.
Après un crime heureux qu'on a mis à profit
Sauver le criminel c'est en perdre le fruit.
Mais enfin Clodomir est maître à Barcelonne ;
Théudis est à vous, & je vous l'abandonne :
Puisse-t-il démentant un fâcheux pronostic
Mieux payer vos bienfaits que ceux d'Amalaric.
Le jour fuit, la nuit vient, Seigneur ; à l'instant même
Je vai contre Arius prononcer anathême.
Aux Grands que mon erreur écartoit de ma Cour
J'ai voulu faire part de mon heureux retour,
Leur Pontife au Palais vient voir son Roi fidéle ;
Quand j'aurai satisfait les désirs de son zèle
Aux portes du saint Lieu vous serez attendus.

CLODOMIR.

Un moment après vous nous y serons rendus.

SCENE IV.

CLODOMIR, CLOTILDE, THE'UDIS, THE'MIRE, Gardes.

CLOTILDE.

DIEU propice, ainsi donc ta profonde sagesse
Du sein de la douleur fait naître l'allégresse !
Je ne me plaindrai plus des maux que j'ai soufferts,
Puisque sur mon époux tes yeux se sont ouverts.
Que dis-je ? tout un peuple accourt à la lumiére,
Que répand en ces lieux ton regard salutaire.
Je vois toute l'Espagne adorer à genoux
Le Christ à qui je viens d'engager mon époux ;
Et devant ses Autels humblement prosternée
D'âge en âge bénir cette heure fortunée.
Venez, heureux Sujets, enfans de ma douleur,
Venez, de votre Roi, partagez le bonheur ;
Hâtez-vous de remplir l'espoir de votre Reine ;
Et d'un peuple d'élus faites-moi souveraine.
Mais pour être certain mon bonheur est trop grand ;
Puis-je me rassurer sur ce calme apparent ?
Ne t'offenses-tu point du plaisir que je goûte,
Juste Dieu ?

CLODOMIR.

D'où vous vient un si funeste doute ?
Que peut faire le Ciel qu'il ne fasse pour vous ?

CLOTILDE.

Quelques fois sans gronder sa foudre est près de nous.
Mon crime est-il absout par cette heureuse issuë !
Le Ciel pour me punir ne m'a-t-il point déçuë ?

Je crains l'Ambitieux que le Trône attendoit ;
Ce cœur intéressé qui ne me défendoit,
Qu'en osant se flatter de m'avoir pour épouse,
Oui, je crains de sa part quelque fureur jalouse :
Ma terreur l'apperçoit le bras encor levé
Sur l'époux malheureux qu'à peine j'ai sauvé.
En offrant à mes yeux l'auteur de tant de larmes ;
Ta présence en mon cœur réveille mes allarmes ;
Retire-toi, cruel.

THE'UDIS.

Ah ! Madame, cessez
De condamner mes soins. Pour être intéressés
En ont-ils moins servi votre heureuse vengeance
Si le Ciel me flattoit de quelque récompense,
N'ai-je pû l'accepter comme le juste prix
Du zèle dont pour vous je me sentois épris ?
Croyez que votre époux devenoit la victime
Des vertus de Clotilde & non pas de mon crime.
Aux plus ardens désirs du pouvoir souverain
Sans vous, sans vos malheurs j'aurois sçû mettre un frein
Et si jamais du Roi les fureurs insensées
Sur vos jours innocens ne s'étoient exercées ;
Du moins s'il eût suivi mes conseils modérés,
Sa personne & son rang m'auroient été sacrés.
Vous m'imputez encor d'avoir avec audace
Jusques dans votre cœur voulu prendre sa place ;
Mais ce crime est celui du Prince généreux
Qui m'offrant un hymen si digne de mes vœux
M'appelloit aux honneurs où je n'osois prétendre.
Sur ce point c'est à vous, Seigneur, de me défendre.

CLODOMIR.

Pourquoi par ce reproche empoisonner le cours
D'un bonheur qui n'est dû qu'à ses heureux secours ?
Princesse, à Théudis rendez plus de justice :

Le Ciel même, le Ciel s'étoit fait son complice.
Dans cet événement reconnoissez plûtôt
Toute la profondeur des conseils du Très-haut.

THE'UDIS.

Ne me disputez pas quelque part à la joie
D'avoir à l'Hérésie enfin ravi sa proie.
Je ne suis qu'un impie aux yeux de vôtre époux,
Mais, Madame, à ce point me méconnoissez-vous ?
Vous sçavez qu'avant lui je fûs votre conquête ;
Et si j'avois régné ma puissance étoit prête
A laisser mes Sujets embrasser à leur gré
Le Dogme qu'en secret vous m'aviez inspiré.

CLOTILDE.

Allons ; on nous attend. Arcade qui s'avance
Nous annonce du Roi la juste impatience.

SCENE V.

CLODOMIR, CLOTILDE, THEU'DIS, THE'MIRE, ARCADE, Gardes.

CLODOMIR.

Arcade, je t'entens, vas, nous allons sortir.

ARCADE.

D'un étrange accident je vous viens avertir,
Seigneur : De cette nuit les prochaines ténébres
Vont remplir ce Palais d'images bien funébres !

CLOTILDE.

O Ciel ! à mon égard on te disoit changé !

ARCADE.

Le Ciel étoit content ; mais l'Enfer s'eſt vengé.
L'Erreur qui frémiſſoit de peur d'être abolie,
Madame, à votre époux vient d'arracher la vie ;
Ou s'il reſpire encore, il n'eſt point de ſecours,
Qui puiſſe vous flatter de prolonger ſes jours.

CLODOMIR.

Quelle noire fureur ? Quelle main ſacrilége
Se baigne dans le ſang d'un Roi que je protége ?

CLOTILDE.

C'eſt Clotilde, c'eſt moi qui l'ai ſacrifié !
Fatal preſſentiment trop tôt vérifié !

ARCADE.

Amalaric déja ſur le parvis du Temple,
Sans rougir de ſa Foi ſe donnoit pour exemple
A quelques Courtiſans qui l'avoient entourré.
Dans ſon regard ſerein & de joie enyvré
Eclatoit le tranſport où notre ame ſe plonge
Lorſque la vérité la dérobe au menſonge ;
Quand tout à coup s'avance un poignard à la main
Thoriſmond [c'eſt ainſi qu'on nomme l'aſſaſſin]
Plus prompt que nos regards ſon poignard étincelle
Et porte au ſein du Roi la bleſſure mortelle.

THE'UDIS.

Thoriſmond, qu'as-tu fait ?

CLOTILDE.

Cruel, n'eſt-ce point toi ;
Dont l'ordre parricide aſſaſſine ton Roi ?

THE'UDIS.

Que le Ciel & l'Enfer confondent le coupable.
Je ſçai bien qu'à vos yeux je reſte reſponſable
Du ſang dont s'eſt ſouillé le cruel Thoriſmond :
La honte en rejaillit malgré-moi ſur mon front ;

Il m'étoit dévoué ; je n'ai pour ma défenſe
Que les ſermens ſuſpects d'une obſcure innocence ;
Mais ſon ſang ſuppléra, Madame, à mes ſermens.
Qu'on le faſſe expirer au milieu des tourmens ;
Et s'il oſe avoüer Théudis pour complice
Après lui je conſens de marcher au ſupplice.

ARCADE.

La mort au châtiment ſouſtrait le criminel.
A peine Amalaric atteint du coup mortel
A pâli ſous le fer, que la nombreuſe eſcorte
Des François qui du Temple environnoient la porte
S'eſt jettée à l'envi ſur l'aſſaſſin ſanglant
Et l'a ſous mille dards fait périr à l'inſtant.

CLODOMIR.

Pour un crime ſi noir la peine eſt trop légére.

THE'UDIS.

Qu'il porte, Dieu vengeur ! le poids de ta colére.

SCENE VI. & derniere.

AMALARIC, CLODOMIR, CLOTILDE, THE'UDIS, ARCADE, THE'MIRE, Soldats qui ſoutiennent Amalaric.

CLOTILDE.

O Ciel ! En quel état tu me le rends ! Hélas !
Tu veux donc qu'il expire encore entre mes bras !

AMALARIC.

N'adressez point au Ciel une inutile plainte ;
Puisque je meurs soumis à la Vérité sainte.
Plus heureux si par elle expirant à vos yeux
Je prodiguois mon sang à la cause des Cieux :
Mais le cours abhorré d'une infidéle vie
Méritoit une fin bien moins digne d'envie.
Je ne puis vous laisser, malgré mon repentir,
Le titre consolant de veuve d'un martyr :
Du moins vous me verrez docile à la lumiere
De la Foi que j'embrasse au bout de ma carriere ;
Et c'est à la lueur de ce divin flambeau
Que je descens en paix dans la nuit du tombeau.
En ces derniers momens je fais ce qu'elle ordonne ;
Je suis assassiné ; je meurs & je pardonne.
C'est à l'ambition que je suis immolé,
Qu'un odieux complot reste à jamais voilé ;
Qu'on éteigne en mon sang les feux de la discorde :
Souscrivez, chere épouse, au pardon que j'accorde.
Laissez mes Assassins & ma cendre en repos,
De mon régne agité faites cesser les maux....
Que l'Espagne long-tems vous aime & vous révére ;
Faites-y pour la Foi ce que je ne puis faire.

CLOTILDE.

Qu'on ne me parle plus de régner en des lieux,
Où je vois mon Epoux expirant à mes yeux.
La France me verra pleurer toute ma vie
Sur le jour malheureux où j'en étois sortie.

AMALARIC *à Clodomir.*

De mes Etats conquis disposez donc, Seigneur ;
Vous en fûtes l'effroi, faites-en le bonheur....
C'en est fait.

THE'MIRE.

Tu n'es plus, victime infortunée
De mille trahisons!

CLOTILDE.

Déplorable Hyménée!

THE'UDIS.

Tonne, frappe, Grand Dieu, si jamais j'ai voulu
M'élever par ce crime au pouvoir absolu.

CLODOMIR.

Arcade, supprimons tous les chants de victoire,
Et qu'un deüil solemnel honore sa mémoire.

Fin du cinquiéme & dernier Acte.

www.ingramcontent.com/pod-product-compliance
Ingram Content Group UK Ltd.
Pitfield, Milton Keynes, MK11 3LW, UK
UKHW020310220726
13923UKWH00003B/1065

9 782329 053639